HAYMON verlag

Kateryna Babkina

Heute fahre ich nach Morgen

Roman

Aus dem Ukrainischen von Claudia Dathe

MIX
Papier aus verantwortungsvollen Quellen
FSC® C083411

Auflage:
4 3 2 1
2019 2018 2017 2016

HAYMON verlag
Innsbruck-Wien
www.haymonverlag.at

Die Originalausgabe erschien 2013 unter dem Titel „Соня“
im Verlag Фоліо, Charkiw.

ISBN 978-3-7099-7227-4

Umschlag- und Buchgestaltung nach Entwürfen von
hœretzeder grafische gestaltung, Scheffau/Tirol
Umschlag: Katja Maasböl, Hamburg; www.maasboelbuch.de,
unter Verwendung einer Bildvorlage von 123RF/Jan Faukner
Satz: Da-TeX Gerd Blumenstein, Leipzig
Autorenfoto: Alina Kondratenko

Gedruckt auf umweltfreundlichem,
chlor- und säurefrei gebleichtem Papier.

Im Grunde lebte sie gern. Von April bis September wurde sie von der Sonne verwöhnt, die ein angenehmes Kitzeln unter der Haut erzeugte und ihr einen zarten, warmen Teint verlieh. Einen Teint wie versengtes Gras oder Tee mit Jamaikarum, wie das Spiegelbild des Morgenmondes im grünlichen Wasser eines milden, seichten Sees, wie der Sand an den vom Sommer entblößten Flussläufen. Auch von Oktober bis März wurde Sonjas Haut von der Sonne verwöhnt, nur, dass sie unter der Kleidung versteckt war, und auch das mochte Sonja gern. Die feinen Härchen an den Waden und Armen, die sie nie entfernte, waren durchscheinend. Sonjas Männer liebten es, in sie hineinzupusten. Manchmal leuchteten die Härchen im Dunkeln, als hätte sie ein magischer Stromstoß aus dem Körperinnern elektrisiert.

Sonja hatte kaum Geld. Sie hätte durchaus arbeiten können. Aber das Leben gefiel ihr so besser. Zweimal im Jahr putzte sie das schmale Küchenfenster und das große Fenster im winzig kleinen Wohnzimmer, das für ein aufstrebendes Leben projektiert sein musste. Denn die Decke war dreimal so hoch wie Sonja, und so ließen sich weder die dort sitzenden schwerfälligen, dunkelgeflügelten Schmetterlinge ausgiebig beobachten noch Glühbirnen tauschen. Deshalb liebte Sonja Steh- und Tischlampen und betrachtete Schmetterlinge auf Zeichnungen und Fotos. Zweimal im Jahr putzte Sonja fremde Fenster und kaufte sich von dem erputzten Geld im Secondhandladen luftige Kleider und Sandalen, Schmuck aus Emaille und manchmal auch Silberkettchen, die sie sich ums Handgelenk wickelte. Wenn Sonja malte, klirrten die Kettchen leise. Im Winter zog Sonja Kräuter und servierte dazu Konfitüren und Brotaufstriche, die sie im Sommer aus den ungewöhnlichsten Dingen zubereitet hatte, zumeist aber aus Obst und Blüten. Was sie nicht servierte, brachte sie in den Laden eines Freundes. Für das eingenommene Geld kaufte sie Wolle und strickte daraus Pullover, Mützen, Schals, Handschuhe und lange Socken, die ihr unheimlich gut standen – besonders wenn Sonja nichts darunter trug. Die Socken, Mützen, Handschuhe, Muffs, Pullover und Krägen, die sie strickte, aber nicht trug – egal ob mit oder ohne Kleidung –, brachte sie zu ... Ach, lassen wir das mit dem Geld.

Sonja fuhr einen hellen, großen, glänzenden Lada. Dunkelgrün und rundäugig, war es ein rührendes und zugleich bemitleidenswertes Vehikel. Das Auto roch nach Kindheit, nach Ausflügen an den Fluss mit Ballspielen und Badminton, nach schmutzigen Teppichen und einem großen Zuber, in dem die kleine Sonja badete, während ihre Mutter die Teppiche reinigte, der Großvater blinzelnd Äpfel schälte und jemandes weiße und schwarze Ziegen sich bei den Uferweiden tummelten. Es duftete nach Herbsttouren zum Sammeln von Pilzen und Hagebutten, die dann zu Hause getrocknet wurden. Die Pilze wurden an Schnüren aufgefädelt und unter die Küchendecke gehängt, die Hagebutten – orange, unansehnliche Früchte, deren Inneres wie Glaswolle in einer Gelatinehaut zusammenklumpte – wurden auf dem Fensterbrett ausgebreitet. Der Lada trug den Geruch von nächtlichen Bahnhofsfahrten zum Zug ans Meer, wo die Erholungssuchenden in Privatunterkünften wohnten und in billigen Kantinen nach ewigem Anstehen Rindfleischsuppe verzehrten und sich alle möglichen Krankheiten einfingen; der Wagen roch nach Gummistiefeln, nach Apfelstiegen, nach Regen, der durch die porösen Dichtungen am Fenster drang, und immer ein bisschen nach Benzin, weil Sonja die Benzinpumpe selbst befestigt hatte. Das Auto war so alt wie Sonja, aber das kam ihr nicht besonders alt vor. Sonja chauffierte alle, besonders oft ihre Freunde: Sie kutschierte sie mit Instrumenten zu Konzerten, mit Bildern zu Ausstellungen, mit Laptops, Beamern und Bildschirmen zu Präsentationen, mit Kleidung zu Modeschauen, mit Schminkkoffern zu Fotoshootings oder einfach nur mit Koffern zum Flughafen. Und Betrunkene, Verwirrte, Fröhliche, Ausgelassene ohne Gepäck beförderte sie ebenso. Sonja machte das nichts aus. Dafür bekam sie von ihren Freunden und den anderen Fahrgästen hübsche Dinge geschenkt: kleine, kaum gebrauchte Ikea-Regale, Tassen von Butlers, Gläser aus Restaurants. Manchmal auch kaum angebrochene Parfumflakons, Pullover und T-Shirts von All Saints, Therapy oder Bolongaro Trevor und einmal sogar ein Abendkleid von Comme des Garçons und eine Brille von Balenciaga. Deshalb war Sonja immer die Schönste. Vielleicht nicht nur deshalb.

Sonja malte. Hauptsächlich sich selbst. Für Zeitschriften, Internetseiten, Drucksachen, Plakate, Logos und Kinderbücher malte Sonja von Hand und mit Photoshop immerzu Sonja. Mal schwarzhaarig, mal blond. Mal hatte sie kurze Haare, mal lange Zöpfe. Mal war sie hübsch und geschmackvoll gekleidet, mal war sie nackt und hatte schamlos gespreizte Beine. Mal war Sonja ein Kind, das für eine Fibel schwungvolle Buchstaben zauberte, mal war sie ein Mann. Aber immer war es Sonja.

Sonja ging auf Partys.

Sonja besuchte Sprachkurse. Mal Deutsch, mal Französisch.

Sonja brachen Absätze ab und sie rang die Hände vor Lachen, wenn es passierte.

Sonja war geprüfte Gebärdendolmetscherin, hatte aber keine Ahnung von der Gebärdensprache.

Sonja verliebte sich hin und wieder.

Sonja hatte ein Zeugnis über einen absolvierten Kurs in Geschichte. Um welche Geschichte es sich dabei genau handelte, war allerdings nicht angeführt. Mal sagte Sonja Weltgeschichte, mal die Geschichte mit dem Hund in der Nacht. Mal die Geschichte von Suchmaschinenanfragen, mal die *Geschichte der Kultur zu Anfang des Jahrhunderts*.

Sonja träumte viel.

Sonja hatte die Schlüssel zu einem Taubenschlag. Im Hof ihres Stalinbaus stand tatsächlich einer.

Sonja behandelte alte Leute immer zuvorkommend, selbst wenn sie sich damit schadete.

Sonja kam immer, wenn sie Sex hatte. Manchmal sogar ohne Sex.

Sonja dachte nie darüber nach, wie es besser sein könnte, als es war.

Sonja tanzte vergnügt und begeistert.

Sonja wollte niemanden belügen, und wenn sie doch jemanden belog – was immer mal wieder passierte –, ging sie danach hin und sagte die Wahrheit.

Sonja hatte vor vielen Sachen Angst. Vor Einsamkeit zum Beispiel, vor dem Alter, vor plötzlichen Verkehrskontrollen, davor, nie zu heiraten, schlecht zu malen, bei einer Wissenslücke ertappt zu werden, den Sommer in der Stadt verbringen zu müssen, ihr Handy zu verlieren, die Zehnerkarte nicht abzuschwimmen, an Menschen zu geraten, von denen ihr Leben abhing, aber …

Manchmal war Sonja ganz ungezwungen, und das rettete sie.

Alles war gut.

Was Louis daran nicht gefiel, war vollkommen unklar.

„Und wo ist er hin?“, fragte Katja. Sie saß in Sonjas Küche und schlürfte eine Mischung aus verdünnter Konfitüre und Eis aus einem Cocktailglas. Sonja zuckte mit ihren goldbraunen Schultern. Beide saßen in Unterwäsche da. Es war Anfang Mai, aber heiß wie im späten Juli, und Sonja hatte keine Klimaanlage.

„‚Ich liebe dich nicht mehr‘“, las Eteri auf dem abgegriffenen Papier, das sie in den letzten Stunden immer wieder herumgereicht hatten. „‚Es wäre unfair. Versuch, mir zu verzeihen.‘ So etwa?“

„Ja“, sagte Sonja. Sie lernte gerade Französisch, und Louis hatte ihr auf Französisch geschrieben.

„So steht es da? ‚Ich liebe dich nicht mehr‘?“ fragte Nastja zum wiederholten Mal.

„Für mich wäre auch weniger okay gewesen“, sagte Sonja.

„Und wo ist er hin?“, fragte Katja noch einmal. Alle schwiegen. Wenn sie nicht gerade in Sonjas Küche saß, arbeitete Katja als Kommunikationsmanagerin, fragte also immer so lange, bis sie eine Antwort bekam.

Eteri trank aus ihrem Glas, allerdings keine Konfitüre mit Eis, sondern Kognak. Im Sommer trug Eteri keine Unterwäsche, deshalb war sie nackt, was sie nicht im Geringsten störte. Sie hatte schwere Brüste mit dunklen Brustwarzen. Eteri war fast dreißig und Georgierin. Was sie machte, wusste keiner so recht. „Zu seiner Arbeit“, sagte Eteri, „in sein Lille. Wie lange war er eigentlich hier und hat geforscht? Ein Jahr? Und wie lange hätte er bleiben sollen?“

„Ein Jahr“, antwortete Sonja verzweifelt. „Ich liebe ihn auch nicht mehr. Ich liebe ihn immer noch so wie früher, nicht mehr und nicht weniger.“

„Der hat dich doch nur ausgenutzt“, sagte Nastja, und ihre Augen wurden feucht. Sie hatte ein kleines Kind und war immer schnell gerührt, besonders wenn das Stillen anstand und die Milch aufs Herz drückte.

„Hat er alles bezahlt?“, fragte Katja.

„Was denn bezahlt?“, wunderte sich Sonja.

„Keine Ahnung. Hat er wenigstens irgendwas bezahlt?“

„Er ist ein Arsch“, warf Eteri ein.

„Er und ich“, sagte Sonja. „Mein Herz ist gerissen. Wir haben uns nie gestritten. Alles, was er gemacht hat, war gut.“

„Der hat doch nichts Gutes gemacht“, bemerkte Eteri.

„Vielleicht hat das was damit zu tun, dass er Ausländer ist?“, fragte Katja.

„Ich war mit ihm in Paris“, sagte Sonja. „Er hat mich rumgeführt und mir gezeigt, wo er gewohnt hat und wo er zur Schule gegangen ist, und den Kindergarten, in dem er gearbeitet hat. Ich habe ihn förmlich vor mir gesehen: groß, braungebrannt, mit den kleinen Kindern, die in meiner Vorstellung schwarz waren, vielleicht weil der Kindergarten in Château Rouge liegt, da sind ja alle schwarz. Und dann das Haus, in dem er aufgewachsen ist. Das Haus, das bis in den letzten Winkel erfüllt ist von seiner dynamischen, rührigen, rothaarigen Schwester, einer Sängerin mit weißen Zähnen und dichten Brauen. Da stehst du am Morgen auf und trittst barfuß durchs Schlafzimmerfenster hinaus in das Gärtchen, zwei mal zwei Meter, da stehen ein alter Stuhl und ein marokkanisches Tischchen. Irgendwo hinter den Büschen liegt die Straße, es riecht nach Seife und Brot. Louis' Vater liegt auf Père-Lachaise begraben, und seine Mutter hat '68 mit Pflastersteinen geschmissen und gerufen, unter den Steinen käme Strand. Molotowcocktails hat sie wahrscheinlich auch geworfen. In meiner Familie gibt es niemanden dieser Art. Wir sind in Belleville spazieren gegangen, dort sieht es genauso aus wie im Film *Das große Rennen von Belleville*. Im chinesischen Viertel sind wir auch gewesen, Lampions gibt es da, und komischerweise sind da auch alle schwarz. Dann waren wir noch auf der Rue de Ménilmontant. Dort hat er ein Lied für mich gesungen: ‚Hier, Madame, auf dieser Straße, habe ich einst mein Herz verloren, aber eine neue Flamme gefunden, die mich inspiriert', so ähnlich geht das Lied. Vielleicht habe ich auch was dazu gedichtet, aber das Lied gibt's wirklich."

Nastja seufzte.

„Ich fand alles so toll, seine Witze und dass ich auf jedes Wort, das er sagt, und auf jeden Satz, den er schreibt, stolz sein kann. Ich fand es toll, dass ich seine Lieblingsplätze besonders mochte und dass mir das Essen immer schmeckte, das er bestellt hat, und dass er die passendsten Sightseeingtouren und den passenden Lebensplan zusammenstellt und dass ich alles interessant und nützlich fand, was ich erlebt habe, wenn ich mit ihm zusammen war. Ich mochte es, wie sein Haar fällt und wie die Nagelhaut an seinen Zehen und Fingern wächst und wie er einmal in fünf Tagen abends seine Kontaktlinsen herausnimmt, seine Brille aufsetzt und plötzlich ganz anders aussieht, so vertraut, und dass er Geld anlegt, um das alte Familienhaus im Süden zu renovieren, und dass er lernen will, Möbel zu tischlern und zu restaurieren, dass es mir egal ist, ob er Geld hat oder jemals welches haben wird. Ich mochte es, wie er mit seinem Mitbewohner im Duett rappt, wie er auch betrunken seinen Rücken wie ein Tänzer hält, wie er mit Messer und Gabel isst, als hätte er nie anders gegessen, und wie er mit den Fingern isst wie ein Affe. Ich mochte sein Sixpack, seinen idealen und wohlgeformten Körper und wie sich die knittrigen T-Shirts über seine Schultern spannen, wie das Licht morgens durch die Jalousien fällt und auf seinen Unterarmen und Knien helle Flecken wirft. Und dass wir immer zusammen waren. Das war die Hauptsache. Das mochte ich."

„Na, zumindest damit ist es ja jetzt vorbei", konterte Eteri.

„Du denkst sehr gut von ihm", sagte Katja. „Das kommt mir komisch vor. Ich glaube, du brauchst einfach jemanden, damit du gut von ihm denken kannst."

Katja trank ihren Marmeladenmix aus und Eteri gab ihr etwas von ihrem Kognak ab.

„Eigentlich habe ich die ganze Zeit getanzt, auch beim Schlafen und Malen, und in dieser Zeit habe ich viel gemalt. Ich habe sogar seine wissenschaftlichen Artikel gelesen, obwohl ich ehrlich gesagt besser Deutsch als Französisch kann. Wenn er geschlafen hat, habe ich beobachtet, wie die Lichtstrahlen über ihn hinweg krochen. Wenn er mich berührt hat, kam es mir so vor, als würden Kirschblüten, leuchtender Plankton und kleine Quallen in mir schwimmen. Auf der Straße haben sich plötzlich alle umgedreht, wenn wir gemeinsam unterwegs waren."

„Nach dir drehen sich auch so alle um, Sonja", sagte Eteri.

„Ich weiß nicht, was ich ohne ihn machen soll. Ich lebe nur noch mechanisch vor mich hin. War das Liebe?" Was Liebe wirklich war, hatte Sonja glatt vergessen. Sie fand es unerträglich, die ganzen Einzelheiten auszubreiten.

„Nein, das war Rotz."

Dann brachten sie Nastja nach Hause und fuhren weiter in den Wald. Der Wald leuchtete aus seinem Inneren heraus. Sonja schaltete die Lichter aus, sie saßen mitten in der feuchten Nacht und beobachteten, wie ganz in der Nähe eine von Scheinwerfern bunt gefärbte Dunstwolke pulsierte, in der sich Menschen schemenhaft bewegten, beugten, die Hände hoben. Manchmal liefen die Silhouetten aus dem hellen Dunst ins Dunkel, stolperten durchs nasse Gras und verschwanden zwischen den Bäumen. Allein zum Pinkeln, zu zweit oder in Gruppen mit anderen Absichten. Die Musik schien weit entfernt zu sein, sie verlor sich zwischen Baumstümpfen, Büschen und dem jungen Grün. Die Mainacht mit all den kleinen, dichten Tönen, mit dem Rascheln, dem Tropfen, dem stillen Fließen der Baumsäfte, dem Zerspringen der Zellen bei ihrer Teilung in einem neuen Blatt und dem Atmen der feuchten Erde hüllte sie ganz ein. Der dunkle Himmel lag über dem Wald und rieb sich den angenehm weichen Bauch.

„Jetzt“, sagte Sonja, „reißt das Herz.“

Vielleicht riss ihr Herz nicht wegen Louis, sondern einfach so.

„Wisst ihr eigentlich, was mit Gena ist?“, platzte Katja heraus.

„Was denn?“, fragte Eteri.

„Gena ist durchgeknallt“, sagte Katja. Und dann erzählte sie. Nachdem die unweigerlichen zwei Wochen vergangen waren, in denen er sich lose mit ihr getroffen, ihr dämliche SMS geschrieben und sie nachts betrunken angerufen hatte und sie sich gegenseitig Andeutungen gemacht hatten, von denen sich die Verliebtheit in der Magengegend aufblähte wie eine hellblaue Leuchtkugel, gefüllt mit warmer Atemluft, brachte er Katja nach Hause, parkte sein Auto so, als wollte er über Nacht bleiben, legte ihr die Arme um den Hals und sagte etwas Wichtiges. „Ich kann dir fliegen beibringen, willst du?“ Das hatte er gesagt.

„Vielleicht hat er das mehr im übertragenen Sinne gemeint?“, fragte Eteri.

„Er sah vollkommen ernst dabei aus. Das geht, hat er gesagt, und ich weiß, wie.“

„Vielleicht hatte er irgendwas dabei?“

„Der hatte nichts dabei, der ist doch gegen das ganze Zeug.“

„Gegen alles?“, fragte Sonja verwundert.

„Nein, nur gegen manches.“

„Und dann?“, fragte Eteri.

„Nichts“, antwortete Katja traurig. „Er ist einfach durchgeknallt. Ernsthaft durchgeknallt meine ich, richtig krank. Ich habe Angst vor solchen Typen, irgendwann werden die dann zum Stalker oder zum Psychomörder.“

„Na, das wünscht sich ja keiner“, sagte Eteri.

„Ja“, sagte Katja, obwohl sie sich das eigentlich sehr wünschte.

Sonja stieg aus dem Auto und trat ins Gras, ihr war kalt. Sie fühlte sich wackelig in den dünnen Sandalen und hob beim Zulaufen auf die Musik und das Licht die Füße weit vom Boden ab. Bei jedem Schritt spritzten Wassertröpfchen von den Stängeln unter ihren Sandalen hoch und ihre Silberkettchen klirrten, als wollten sie den Ton wiedergeben, mit dem Sonjas Herz riss. Katja und Eteri folgten ihr, an ihnen klirrte nichts, sie dufteten nach Parfüm und bliesen ihre Erwartungen in die Luft der leichtflügeligen Schmetterlinge. Dann tauchten die drei in die bunt gefärbte Dunstwolke der Party ein.

Wenn Sonja tanzte, standen ihre Haarsträhnen über dem Kopf und den Schultern und wippten im Takt ihres Körpers mit. Sonja schloss die Augen und lauschte, was in ihr ohne Louis passierte. Es passierte nichts. Eine klirrende Leere, kühl und bitter, hielt ihr Inneres umklammert. Sonja versuchte sich an Louis' Gesicht zu erinnern, aber es gelang ihr nicht. Sie wollte in Gedanken seine Bewegungen wiederholen, wenn er den Kopf drehte, aber die Erinnerung schob ihr andere Bewegungen unter: wie ein Achtknoten zu stricken ist, wie Eteris Brüste unter dem T-Shirt hüpfen, wie Photoshop lädt, wie Häuser und Bäume im Rückspiegel vorbeiziehen. Sonja strengte sich an und wollte sich Louis vorstellen, seine Figur, sein Haar, seine Hände, die Farbe seines Hemdes, sein Lächeln, seine blinzelnden Augen und seine Augenfältchen, aber das Gedächtnis zeigte ihr fremde Umrisse. Vor ihr stand ein virtueller, abstoßender Mann, aus verschiedenen Teilen zusammengesetzt, die für sich stehend zu prägnant waren, um zueinanderzupassen. Er sah aus wie Barbies Ken in Menschengröße. Sonja entspannte sich und verscheuchte das Monster, öffnete die Augen und betrachtete die tanzenden Menschen ringsum. Sie färbten sich von grün nach rosa nach blau nach violett. Wenn das Licht flimmerte, glänzten ihre Augen, Zähne und hellen Accessoires und die Menschen bewegten sich wie Roboter. Der Rauch, der auf die Tanzfläche geblasen wurde, war geruchs- und geschmacklos. Jemand schmiegte sich von hinten an Sonja und tanzte mit ihr, atmete ihr in den Nacken und haschte nach ihrem Haar. Dann küsste er sie auf den Hals, trat einen Schritt zurück und verschwand. Sonja konzentrierte sich noch einmal und versuchte, Louis aus ihrer Erinnerung zusammenzusetzen. Wieder tauchten vor ihrem Auge ganz andere Bilder auf. Eteri und Katja saßen an der Bar. Sonja hielt plötzlich inne, noch kurz standen ihre Haare in der Luft, dann fielen sie auf die Schultern. Zwischen den tanzenden, verschwitzten, nächtlichen Körpern fühlte sie die unvermeidliche Leere besonders stark.

„Ich kann mich überhaupt nicht an ihn erinnern“, sagte Sonja und kletterte auf den Hocker zwischen Eteri und Katja.

„Und was heißt das?“

„Dass ich ihn noch einmal sehen muss. Um ihn zu betrachten und in Erinnerung zu behalten. Nicht einmal malen könnte ich ihn jetzt. Das war wirklich gemein, dass er nichts angedeutet hat, jetzt ist alles weg. Als hätte es nie einen Louis gegeben. Ich wollte ihn für immer in meinem Gedächtnis behalten, jetzt weiß ich nicht mal mehr, wie er aussieht.“

„Dann schau dir doch die Fotos auf deinem Handy an“, riet Eteri.

Sonja holte ihr Handy raus. Auf dem Touchscreen sah Louis wie Louis aus, aber sobald sie den Blick vom Display abwandte, verschwanden die Umrisse erneut, zerfielen, gingen verloren oder formten sich zu einem verzerrten Trugbild.

„So war es bei mir, als mein Vater gestorben ist“, sagte Katja. „Ich saß da und habe überlegt, wie er aussah. Mit Worten konnte ich alles beschreiben: Dass er eine Glatze hatte und eine Warze unterm linken Auge, markante Augenbrauen und Wimpern, dass seine Augen braun waren und seine Unterlippe zitterte, seit er sechs Jahre zuvor einen Schlaganfall erlitten hatte. Wenn er sprach, sah es so aus, als würde er auf einer Seite lächeln, deswegen dachte ich immer, er wolle eine Anspielung machen. Und deshalb haben wir uns oft gestritten. Ich konnte beschreiben, dass er einen langen Hals hatte und seine Krägen immer zu weit waren, dass er zarte Schultern hatte, dass das rechte Ohr abstand und das linke nicht. Beschreiben konnte ich das alles, als hätte ich einen Text auswendig gelernt, den ich mit mir herumtrug, aber ich hatte kein Bild vor mir. Allerdings war das nicht Louis. Sondern mein Vater. Den habe ich mein Leben lang angeschaut, vielleicht nicht so begeistert wie du Louis, aber tagaus, tagein."

Katjas Vater war in irgendeinem See ertrunken, als er mit ihrem jüngeren Bruder beim Skilaufen war. Das dünne Eis war mit Schnee überzogen, und beide brachen ein, nachdem sie abseits der Piste einen ausladenden unberührten Hügel hinabgefahren waren. Katjas Bruder war fast eine ganze Stunde im See geschwommen und hatte unter Wasser seine Ski und die schweren Skischuhe abgestreift, konnte aber nicht an Land kriechen. Das Eis brach und knackte, der See wollte kein Ende nehmen und überall war Wasser. Auch Katjas Vater hatte seine Skiausrüstung unter Wasser ausgezogen. So lagen sie dann auf dem kalten Grund: zwei Paar Skier, zwei Paar Skischuhe und Katjas blaugefrorener Vater in Skianzug und Vliesmütze.

„Und dann ist er dir wieder eingefallen?"

„Er ist mir im Traum erschienen", sagte Katja, „mit seinen Skiern. Und seiner nassen Mütze. So sehr ich mich auch anstrenge, das ist das einzige Bild, das ich von ihm habe. Manchmal sitze ich da und denke an meine Familie. Dann sehe ich meine Mutter, die hat diesen Sommer abgenommen; meinen Bruder, der studiert jetzt, ist erwachsen geworden und sieht endlich aus wie ein normaler Mensch; und dann meinen Vater auf Skiern."

„Ob Louis mir auch im Traum erscheint?", fragte Sonja.

„Ja", sagte Eteri, „wenn er tot ist."

Sonja hätte sagen sollen, dass sie überhaupt nicht wollte, dass Louis je starb, doch sie horchte in sich hinein und merkte, dass es ihr egal war. Sie fühlte sich wie ein leeres, wegen Baufälligkeit geschlossenes Schwimmbad, aus dem Liebe und Schmerz abgelassen worden waren wie blaues Chlorwasser. Das kam ihr viel schlimmer vor als das tatsächliche Durchleben von Liebe und Schmerz. Nur die Alltagserinnerungen und die Pläne für das Leben zu zweit, das es nun nicht mehr geben würde, waren geblieben wie Reste von Schränken und Trampolinen, abgeschaltete Duschen und geschlossene Umkleidekabinen. Dass sie mit all dem nichts mehr anzufangen wusste, zerriss ihr das Herz.

„Das geht alles gar nicht“, sagte Sonja, „das ist einfach unerträglich. Ich muss ihn noch einmal sehen.“

„Dann siehst du ihn auch“, sagte Eteri.

Und dann sah Sonja Louis.

Sie rannte ihm nach. Er lief in langen Schritten, die Schultern in Rauch- und Lichtfetzen gehüllt. Der dunkle Wald nahm ihn behutsam auf, im Gehen nestelte er an seiner Hose. Sein Rücken war wie immer breit und gleichmäßig. Sonja trat beinahe unbemerkt hinter ihn, blieb stehen und wartete, bis er an einem Baum sein Geschäft verrichtet hatte. Was sollte sie ihm eigentlich sagen? Nichts, beschloss Sonja, ich schaue ihn einfach an und behalte ihn in Erinnerung. Und dann kann er gehen, wohin er will. Louis knöpfte sich die Hose zu, drehte sich um und wäre beinahe mit Sonja zusammengestoßen. Sie schloss die Augen und atmete tief ein.

„Was willst du?“, sagte er, und beinahe hätte Sonja angefangen zu weinen. Der Mann war groß, geschmeidig und athletisch, hatte Augenfältchen und zerzaustes Haar, einen Bart, dichte, gleichmäßige Brauen, große Hände und schmale Lippen. Rücken, Hemd, schmale Hüften. Es nützte nichts. Alles war wie bei Louis, aber es fügte sich wie in Sonjas ausgehöhlter Vorstellung zu einer völlig anderen Person zusammen.

„Darf ich dich malen?“, fragte Sonja vor lauter Überraschung. Die gleichmäßigen Brauen runzelten sich, er schaute von oben auf sie herab.

„Na gut“, sagte er. „Jetzt gleich? Ist es nicht zu dunkel? Bist du mir nachgelaufen, um mich zu malen?“

„Ja“, antwortete Sonja und korrigierte sich sofort. „Nein. Entschuldigen Sie, ich kann nicht lügen.“

„Ich auch nicht“, sagte er. Das gefiel Sonja.

„Bist du betrunken?“

„Nein“, sagte Sonja. „ich trinke Wasser. Ich bin mit dem Auto da.“

„Gut, dass du mit dem Auto da bist. Lass uns fahren.“

„Na, los, ich bring dich heim“, willigte Sonja ein, überlegte und fragte: „Und was, wenn ich betrunken wäre?“

„Dann würden wir jetzt nicht fahren“, sagte der Mann.

Und das stimmte.

Während Sonja sich vorsichtig einen Weg zur Straße bahnte und die Räder über das nasse Gras rutschten, war der Mann eingeschlafen. Sonja stoppte und schnallte ihn an, sein Kopf flog vor und zurück. Sie roch an seinem Hals, neben dem Ohr. Er wachte nicht auf, als Eteri anrief.

„Wo bist du denn?“

„Auf dem Nachhauseweg“, sagte Sonja. „Und ihr?“

„Wir haben noch niemanden kennengelernt“, schrie Katja in den Hörer und versuchte, die Musik zu übertönen.

„Ich auch nicht“, sagte Sonja und schaute auf den Beifahrersitz. Der Mann schlief und wollte sie keineswegs kennenlernen.

„Wir bleiben noch ein bisschen", sagte Eteri.

An der Ortseinfahrt sprang ein Hase auf die Fahrbahn und hoppelte eine Zeit lang neben dem Auto her. Wenn man von Hasen träumt, fiel Sonja ein, dann stehen große Veränderungen bevor. Läuft der Hase fort, muss man versuchen, ihn einzuholen, dann ändert sich das Leben zum Besseren. Sonja bremste, und der Hase hoppelte voraus. Sonja gab Gas, der Hase erschrak, machte einen ungeschickten Satz zur Seite und war im Gras verschwunden, ehe Sonja ihn überholen konnte. Nicht so schlimm, dachte sie, es war ja sowieso kein Traum. Und dann dachte sie noch, dass man weder einen Hasen noch sich selbst betrügen konnte. Zumindest nicht gleichzeitig.

In der Stadt war es kalt und leer wie in Sonjas Innerem. Der Mann schnarchte. Louis hatte im Schlaf oft Französisch gesprochen, hatte von unangenehmen, anstrengenden Dingen geträumt: Dass er vor der Polizei auf der Flucht war und kein Versteck fand oder dass er sein Flugzeug in Belgrad nicht besteigen konnte und das Flugzeug abhob, während er sich mit fehlenden Dokumenten herumschlug, oder dass er über den Friedhof Père-Lachaise ging und das Grab seines Vaters nicht wiederfand. Sonja war immer aufgewacht und hatte ihm ins Ohr gepustet. Jemand hatte ihr einmal gesagt, dass sich so Träume teilen ließen, und Sonja hatte immer leichte, gute, einfache Träume. Einmal, als sie im Bus fuhr, pustete Sonja einer Oma ins Ohr, die auf Sonjas Nachbarsitz fest eingeschlafen war. Die Oma erschrak, sprang auf und brach sich den Oberschenkelhals. Danach kaufte Sonja für sie ein, brachte ihr Lebensmittel und Medikamente. Eines Tages kamen die Töchter der Oma aus Ischewsk angefahren und schrien herum, Sonja wollte die Oma ins Grab bringen und sich die Wohnung unter den Nagel reißen. Von da an brachte Sonja keine Lebensmittel und Medikamente mehr, und bald starb die Oma. Da riefen die Töchter an und fragten, ob Sonja die Wohnung nicht für einen fairen Preis kaufen wollte, damit sie gelassen nach Ischewsk zurückfahren konnten, aber Sonja wollte nicht, denn seit der Zeit hatte Sonja traurige Erinnerungen an die Wohnung und ein leichtes Schuldgefühl. Sonja fragte Eteri, Katja und Nastja, aber die wollten auch nicht. Überhaupt wollte keiner von Sonjas Freunden und Bekannten eine Wohnung kaufen. Alle gaben sich Mühe, nicht zu wollen, denn wollen wird unerträglich, wenn man nicht kann. Nicht mal für einen fairen Preis.

Der Mann erwachte, als Sonja im Hof parkte und den Motor abstellte. Die Vögel sangen.

„Wo sind wir?", fragte er.

„Bei mir zu Hause", sagte sie. „Besser gesagt, beinahe zu Hause."

„Und was machen wir jetzt?"

Sonja schwieg.

„Hast du jemanden?", fragte der Mann.

„Nein", antwortete Sonja. „Und du?"

„Ich schon." Er belog nie jemanden. „Du bist schön. Was willst du?"

Sonja versuchte sich an all das zu erinnern, was sie wollte. Eigentlich war das ziemlich viel, aber in diesem Moment fiel ihr nichts ein.

„Ich möchte mich an alles erinnern", sagte Sonja.

„Dafür musst du ein Taubenei finden und es austrinken", meinte der Mann ernst. „Hast du Tauben?"

„Nein, aber einen Taubenschlag. Er gehört mir zwar nicht richtig. Aber es gibt ihn."

„Zeig mal", sagte er ungläubig.

Sie krochen in den Taubenschlag. Die Metallleiter war schlüpfrig, der Morgentau war schon gefallen, vielleicht war es auch noch der Abendtau. An der niedrigen Tür hing ein großes Schloss, das auch schlüpfrig war. Sonja öffnete es und trat ein. Im Taubenschlag war es dämmrig und eng, aber sie konnte darin stehen, der Mann nicht. Es gab weder Federn noch Vogeldreck, nur einen vagen Geruch nach Vogel. Der Taubenschlag schwankte unter ihren Bewegungen. Der Mann setzte sich auf den Boden. Durch die kleinen Fenster konnte man gut sehen, dass es draußen schon dämmerte.

„Und wo sind die Tauben?", fragte er.

„Er hat sie freigelassen. Der Taubenzüchter."

„Und warum?"

„Weil er blind war und sie nicht mehr beobachten konnte. Was kann man denn sonst mit Tauben machen, überleg doch mal."

„Wozu hält man überhaupt Tauben?"

„Sie fliegen in Kreisen. Gute Tauben fliegen exakt. Man muss sie füttern, ihnen Wasser geben und sie säubern. Das hat der Alte gemacht. Er hatte gute Tauben, sie waren taubengrau und weiß."

„Taubengrau – wie sehen die denn aus?", wollte der Mann wissen.

„So milchig grau mit hellblau drin."

„Und was ist dann passiert?"

„Dann ist er blind geworden. Die Tauben haben sich furchtbar gequält – keiner hat sie gefüttert, ihnen Wasser gegeben oder gezeigt, wie sie im Kreis fliegen müssen. Und sie haben keine Kreise mehr gedreht. Sie sind dagesessen und haben sich gequält und gestöhnt. Weißt du, wie Tauben stöhnen?"

„Ja", sagte der Mann, „auf meinem Dachboden leben welche. Und im Fahrstuhlschacht auch."

„Der Alte hat mich darum gebeten, die Tauben freizulassen. Ich habe sie fortgescheucht, habe sie eingefangen und nach oben geworfen, aber sie haben mit den Flügeln geschlagen und wollten zurück. Ich habe alles geputzt und zugesperrt, aber sie sind noch lange zurückgekommen. Dann kam der Winter, und erst da sind sie fortgeblieben."

„Komm zu mir."

Sonja setzte sich auf den Boden, der Mann umarmte sie und drückte sie an sich.

„Erzähl weiter. Du erzählst so schön, Mädchen. Über die Tauben. Ist der Alte gestorben, ich meine, der Taubenzüchter?"

„Irgendwann ja", sagte Sonja.

„Das tut mir leid."

„Ja", stimmte sie zu. Der Mann war warm, es war schön, ihn zu umarmen. Grünliches, spärliches Licht brach durch die Ritzen in den Brettern, es zitterte vor den kleinen Fenstern. Die unsichtbaren Tauben stöhnten irgendwo auf dem Dach, schlugen mit ihren Flügeln, schmiegten sich aneinander und rückten in die schrägen Morgenstrahlen. Sonja spitzte ihre Lippen und küsste den Mann auf den Bart und neben den Mund – was blieb auch sonst zu tun? Vorsichtig nahm er ihr Gesicht in seine Hände und sah, dass sie in dem langsam weichenden Dunkel beinahe durchsichtig war. Dann drückte er seine Lippen auf die ihren und schob vorsichtig seine Zunge in ihren Mund. Sonja schloss die Augen und rieb ihre Zunge an der seinen, probierte, wie sie schmeckte. Ihr Herz riss nicht, es war angenehm. Je inniger er sie küsste, desto heller wurde es draußen, desto wärmer wurde die Farbe des Lichts. Sonja schob ihre Hände unter sein T-Shirt, streichelte seinen Rücken und die Schultern, wärmte sich die Hände und Finger. Der Mann küsste ihr

Kinn, die Schultern, die Brüste und den Bauch. Sein Bart war weich und sein Mund riesig. Unter seinen feuchten Küssen wand sie sich und lachte, schälte sich aus dem dünnen Kleid. Sie war kitzelig, es kam ihr vor, als würden Schnecken mit gelben und rosa Gehäusen über sie hinweg kriechen, doch sie ekelte sich nicht vor Schnecken, im Gegenteil. Sonnenschnecken, dachte Sonja.

„Du zerkratzt dir den Rücken", keuchte der Mann, drehte sich um, hob Sonja leicht an und setzte sie auf sich. Sie schaukelte und rutschte auf ihm hin und her. Wärme und Licht flossen zwischen ihnen. Er strich ihr die Haare aus dem Gesicht und betrachtete sie, berührte ihre Lippen, schob seine Finger in ihren Mund. Sonja nahm seine Finger zwischen ihre Lippen, er teilte seine Wärme, unbewusst biss Sonja zu, um die Wärme aufzunehmen. Der Mann lachte leise, Sonja atmete tief aus und lange nicht ein, dann haschte sie mit dem Mund nach dem Morgenlicht, beugte sich hinunter und gab ihm davon ab. Er umarmte sie, legte sich ihren Kopf auf die Schultern, breitete die leichten Haare aus und zog Kreise auf ihrem Bauch, wie es die Tauben in der Luft taten, bis ihr Atem langsamer ging und ihr Traum um Traum ins Ohr hineinflogen, wie die gekränkten Vögel einer nach dem anderen durch die Klappe aus dem Taubenschlag hinaus.

Als Sonja erwachte, war der Mann fort. Die Sonne zwängte sich durch die Ritzen des Taubenschlags, schnitt das Dämmerlicht in dünne Streifen, in denen Staub, Federn und vorjährige Vogelseufzer schwebten. Es war heiß, fast so, als würde man im Hochsommer in einem alten Armeezelt munter werden. Sonja schloss die Augen und dachte an den weichen Bart, die hohen Wangenknochen, den straffen Hals, die

Finger auf ihren Hüften, sogar an die roten Schuhe aus Chamoisleder, aber an den Mann selbst konnte sie sich nicht erinnern. Also zog sie ihr dünnes Kleid an, das ein wenig nach Nachtwald, Feuchtigkeit und Pilzen, aber auch nach dem fremden Körper und den Tauben roch. Es glitt an ihrem Körper herab wie warme Milch, schmiegte sich an. Die Haare standen ab, Sonja glättete sie, um ordentlich auszusehen, und kroch nach draußen.

„Du trägst wohl nicht mal einen Schlüpfer?", keifte die zänkische Hausmeisterin und verfolgte, wie die verschlafene Sonja die Leiter vom Taubenschlag hinabstieg.

„Doch, schon", antwortete Sonja ungeniert, korrigierte sich aber sogleich. „Oder auch nicht. Jedenfalls manchmal. Guten Morgen."

„Schläfst du etwa da drin?", fragte die Hausmeisterin ungläubig.

„Ja", sagte Sonja.

„Das sieht man wieder, wohin dieser Wohnraummangel führt." Plötzlich hatte die Alte Mitleid mit ihr. „Schlaf bloß nicht im Auto. Besonders im Winter. Da erstickst du an den Abgasen. Im Sommer ist das nicht so schlimm, da kannst du die Fenster öffnen. Aber mach es lieber trotzdem nicht."

„Nein, mach ich nicht", versprach Sonja und ging nach Hause.

Das mit den Abgasen wusste sie selbst.

Zu Hause vibrierte die flüchtige Liebe zum abwesenden Louis wie eine Fata Morgana überall dort, wo seine Hemden und Sakkos, seine warme Jacke gehangen, seine Bücher mit den Lesezeichen, Dokumente in den Hüllen, Socken, Zahnbürste, Schals und Krawatten gelegen, sein Krug, in den er immer die Visitenkarten und ausländischen Münzen warf, die man später noch verwenden konnte, gestanden, sein durchsichtiger Regenschirm, Silberschmuck und Rasierzeug ihren Platz gehabt hatten. Außer den Schwingungen in der Luft waren vom Rasierzeug noch Schaumspuren mit den Resten schwarzer, spitzer, kurzer Haare geblieben. Sonst nichts. Sonja konnte nicht nachvollziehen, wieso sie nun nicht mehr mit dem Auto ans Meer fahren, nicht mehr mit der rothaarigen Schwester in Paris leben, nicht mehr gemeinsam das Haus im Süden renovieren, nicht mehr vierhändig die groben, aber wertvollen Möbel abschleifen, zum Sommerende keine französischen Partys besuchen, keine Weintrauben und keinen Käse essen und nie mehr zu schiefen Akkordeonklängen tanzen würden. Sie konnte sich nicht vorstellen, dass sie nie mehr seine Mutter vor sich sehen würde, wie sie Molotowcocktails und Steine warf und Polizeiautos anzündete, nicht mehr lernen würde, auf Französisch zu rappen, kein frisches Brot mehr zum Frühstück kaufen würde, frühmorgens nicht mehr barfuß durchs Schlafzimmerfenster steigen und ins stachelige Gras laufen und nie mehr die Sonja sein würde, die mit Louis zusammen war.

„Du willst doch gar nicht mit ihm zusammen sein", sagte Eteri beim Frühstück. „Du willst nur ein bisschen wie er sein. Das sind zwei verschiedene Dinge. Das wäre sowieso nichts geworden."

Sie saßen in einem kleinen Straßencafé, Eteri trank Kaffee und irgendeinen gelben, frisch gepressten Saft, Sonja aß einen Salat mit Tomaten, Kräutern und Krabben. Der Wunsch, Louis zu sein, um nicht Sonja sein zu müssen, die er verlassen hatte, war beschämend. Er klumpte sich irgendwo über den Lungen zusammen und wollte nicht verschwinden. Der durchgeknallte

Gena hob zum Gruß die Hand, ging vorbei und setzte sich ans andere Ende des Cafés.

„Hast du das gesehen?“, fragte Eteri leise.

Gena führte eine kleine Frau an der Hand, sie war moppelig, fröhlich, blond und wahrscheinlich genauso durchgeknallt wie er. Sonja hatte es gesehen. Die zwei saßen zusammen und studierten die Speisekarte, lachten, berührten sich und gaben sich überhaupt allerlei Annehmlichkeiten hin.

„Das ist es, was wir brauchen“, sagte Eteri bestimmt. „Aber echt.“

Dann mussten Sonja und Eteri zur Toilette. Es gab nur eine Kabine, sie gingen zusammen hinein und verriegelten die Glastür. Von außen waren die Scheiben getönt, aber von innen konnte man komischerweise hinausschauen und das Waschbecken und den kleinen runden Spiegel sehen. Sonja drehte sich um und wartete, bis Eteri alles verrichtet hatte, was zu verrichten war. Zur selben Zeit kam Genas Begleitung in den Vorraum und wusch sich die Hände, dann nahm sie einen kurzen Lippenstift aus ihrer Handtasche. Der Spiegel war für sie eindeutig zu hoch. Sie blickte unbekümmert zur getönten Tür und machte folgendes: Sie stellte sich auf die Zehenspitzen, zog sich hoch, stieß sich mit den Schuhen von den Fliesen ab und tauchte plötzlich im runden Glas über dem Waschbecken auf. In der Luft schaukelnd schminkte sie sich die Lippen.

„Hast du das gesehen?“, flüsterte Sonja. Eteri hatte es gesehen. Sie erstarrte über dem Toilettenbecken und war nicht in der Lage, das Begonnene zu Ende zu bringen. Die Frau schminkte sich und betrachtete sich ausgiebig, während sie wie eine Boje im seichten Wasser vor dem Spiegel hin- und herschaukelte. Dann sprang sie behände zurück auf den Boden, stampfte zur Sicherheit mit dem Fuß auf und ging hinaus.

„Sollen wir das Katja sagen?“, fragte Sonja später, als sie Eteri heimfuhr.

„Bist du bescheuert?“, sagte Eteri, und nachdem sie eine Weile geschwiegen hatte, fügte sie hinzu. „Man kann niemandem vertrauen. Aber manchmal lässt es sich nicht vermeiden.“

„Alles wird gut, hör einfach auf, an Louis zu denken“, hatten Eteri, Katja und Nastja zu Sonja gesagt. Vielleicht nicht ganz so wie früher, aber immerhin besser. Mehrere Wochen versuchte sie mit aller Kraft, nicht mehr an Louis zu denken. Sonja besuchte gleichzeitig einen Deutsch- und einen Französischkurs, und manchmal konnte sie danach überhaupt nicht mehr denken. Sie wechselte die Filter im Auto und reinigte den Fahrgastraum, putzte noch einmal ihre Fenster, obwohl sie das im Frühjahr bereits getan hatte, erledigte alle vereinbarten Malaufträge – manches malte sie sogar doppelt, damit der Auftraggeber wählen konnte –, chauffierte alle Leute an die Orte, wo sie hinmussten – manche sogar dahin, wo sie gar nicht hinmussten. Von den konzentrierten Beschäftigungen, auch wenn sie vollkommen sinnlos waren, und den banalen ausgefüllten Tagen fühlte sie sich leichter. Schließlich nahm sich Sonja sogar Zeit, um ihrer Mutter einen ausführlichen Brief zu schreiben und zu berichten, dass bei ihr alles seinen Gang ging.

Sonjas Mutter arbeitete in einem Schweizer Altenheim, sie hatte sich auf Traumdeutung spezialisiert, aber es war gut möglich, dass sie dort eigentlich für andere Dinge zuständig war. Die Alten träumten einfach viel häufiger, als dass sie irgendetwas anderes taten. Das Leben korrigierte die Berufswahl, wie eine Lehrerin die ungelenken Schriftzüge ihrer Schüler verbesserte. Die Wirklichkeit drückt dir dann einen

Stempel auf die Stirn, einen Stempel, wie man ihn von Dokumentenordnern für Ermittlungsverfahren gegen die Vernachlässigung Minderjähriger kennt. Manchmal bekommst du auf dem Tablett eine zweite Chance serviert, direkt und lange ersehnt, ein Schengen-Visum mit Arbeitserlaubnis zum Beispiel oder die Fähigkeit, Träume zu deuten in einem Heim hoch in den Bergen. Bei Sonjas Mutter war sozusagen alles glattgegangen.

In diesen Wochen erinnerte sich Sonja an kleine Episoden, schöne Dinge, namenlose Kleinigkeiten – Berührungen, Späße, belanglose Geschenke, spontane Kurztrips, Küsse ohne Konsequenzen, nette Partys, gute Morgen, stille Nächte, offene Gespräche. Eigentlich waren es keine Erinnerungen, es waren schöne Empfindungen, die wie Seifenblasen vor ihrer Nase emporwuchsen, vor Freude zitterten, glitzerten, zerplatzten und sie mit Glitzertropfen bespritzten, in denen die Hoffnung steckte, es würde bald wieder so sein wie früher. Sonja las all diese Erinnerungen und Eindrücke sorgsam auf wie die ersten süßen Nüsse vom Haselstrauch. Durch Louis Weggang ihrer Schale beraubt, schöpfte sie daraus, wenn nicht Hoffnung, so doch Freude, die für jeden Tag reichte. Im Grunde lebte sie gern, und trotzdem fehlte immer irgendetwas. Das Ticket und der Pass zum Beispiel, die dummerweise zu Hause auf dem Tisch lagen, wenn sie gerade am Flughafen einchecken wollte. Als müsste etwas passieren, das dann doch nicht eintrat. Sonja befürchtete, dass es ohne Louis immer so sein würde. Manchmal auch, dass es vor Louis und mit Louis schon so gewesen war, denn sie konnte sich nicht mehr erinnern, wie es wirklich war. Es lag etwas Gravierendes in der Luft, dem sie sich aber nicht nähern konnte, das sie nicht zu fassen bekam, nicht an sich drücken, nicht auf der Haut zerreiben oder schlucken konnte. Dann, eines Morgens, als sie nicht wusste, wohin sie fliehen sollte vor dem Duft der aufgehenden Lindenblüten, der die ganze Wohnung erfüllte, obwohl die Linden gerade erst Knospen angesetzt hatten, und der penetrant hervorstach und Sonja marterte wie ein Bohrer, der sich von der Nase aufwärts ins Gehirn fraß, fiel Sonja plötzlich ein, was ausgeblieben war. Was normalerweise kommen sollte, aber nicht kam. Mit Louis hatte das nichts mehr zu tun.

„Meine Mutter sagt, sie hat von Fischen geträumt." Sonja holte weit aus. „Und wisst ihr, was es bedeutet, wenn man von Fischen träumt? Dass sich was vermehrt."

„Dass sich was vermehrt? Das Geld auf dem Konto?", fragte Katja.

„Na und?", sagte Eteri. „Dein Großvater hat doch immer Fische gefangen und heimgebracht, und deine Mutter musste sie dann ausnehmen. Immerzu ging das so, dass sie die Fische von deinem Großvater getötet und ausgenommen hat, und dann hat sie sie nicht mal gegessen. Hat sie uns mal erzählt. Ist ja kein Wunder, dass die kläglich verendeten und nicht gewürdigten Fische ihr im Traum erscheinen."

„Sie hat die Fische ausgenommen, weil sonst keiner da war, der es hätte machen können", verteidigte Sonja ihren Großvater. „Es war ja keine Frau im Haus."

„Dein Großvater hat deine Mutter ohne Mutter großgezogen und deine Mutter dich ohne Vater." Nastja geriet ins Nachdenken. „Würde mich mal interessieren, was das für dein Karma heißt, wie die Geschichte jetzt weitergeht?"

„Das heißt, du musst einen Vater ohne Großvater aufziehen", sagte Katja und lachte.

„Du musst so sehr über dich hinauswachsen, dass du Großvater, Vater und Mutter in einem sein kannst", sagte Nastja.

„Du musst vorsichtig sein und deinen Kopf zum Denken benutzen", sagte Eteri.

„Schon zu spät", platzte Sonja heraus.

„Wie?", sagte Katja.

„Ach?", rief Nastja.

„Wievielte Woche?", fragte Eteri.

Wenn man etwas erzählt, wirken die Ereignisse und Vorgänge sofort viel echter. Besonders wenn sie mit der Wirklichkeit übereinstimmen. Sonja war von ihrer Schwangerschaft derart geschockt, dass sie lange in den hintersten Ecken ihres Inneren kramte, trockene Erinnerungen und feuchte Gefühle, winzige Splitter kleinster Dinge und das leise Stöhnen fremder Geheimnisse durchforstete und trotzdem nicht wusste, wie sie das bewerten sollte, was da gerade mit ihr passierte.

„Eigentlich müsste ich doch was empfinden?", fragte sie und sah Nastja an.

„Kann ich nicht so direkt sagen", antwortete Nastja.

„Und wer kann es sagen?", regte sich Eteri auf. „Du bist der einzige Mensch, den wir kennen, der ein Kind hat."

„Ach?", wunderte sich Nastja.

„Natürlich nicht, aber du weißt doch, wie ich das meine. Was müsste Sonja denn empfinden?"

„Kann sein, dass ihr übel wird", antwortete Nastja verwirrt.

Aber Sonja war nicht übel.

„Und es ist wirklich nicht von Louis?", fragte Katja.

„Ganz sicher nicht", sagte Sonja. Keiner traute sich zu fragen, was Sonja machen wollte.

„Also", meinte Eteri. „Egal, was du machst, du musst erst mal zum Arzt. Damit der nachschaut."

„War ich schon", sagte Sonja.

„Und?"

„Alles in Ordnung."

„Alles in Ordnung? Na, sehr schön!"

„Hat der Arzt dich wegen einer Abtreibung gefragt?", wollte Nastja wissen. Sonja schwieg.

„Kind ja oder nein, das ist doch die Frage", sagte Katja. „Wie kannst du denn was entscheiden, wenn du gar nichts empfindest?"

„Kann ich auch nicht", gab Sonja zu. „Ich habe gedacht, da passiert was ganz Spezielles, wie bei einer Naturkatastrophe. Eine Riesengeschichte. Ich hätte nie gedacht, dass das so einfach ist wie ein Frühstück – du stehst auf, duschst dich, setzt Wasser auf, um Reis zu kochen, schreibst eine SMS, schaust aus dem Fenster, ob es geregnet hat, saugst den Duft der Linden- oder Aprikosenblüten ein, und hopp, plötzlich ist man schwanger."

„Vielleicht solltest du den Vater finden?", fragte Nastja. Sonja schüttelte den Kopf.

„Du musst was unternehmen", sagte Nastja. „Irgendwas. Das geht so schnell, du machst dir keinen Begriff, wie schnell das geht. Die Zeit, wo es in deinem Bauch ist, fliegt vorbei wie die Waldstreifen vorm Fenster, wenn du mit 200 über die Autobahn bretterst. Hast du es deiner Mutter schon gesagt?"

„Nein." Sonja schaute auf ihren Bauch, als wartete sie darauf, dass er ihr sagen oder zumindest andeuten würde, was zu tun war.

„Wen hast du denn sonst noch?"

„Niemanden", sagte Sonja.

„Wo ist eigentlich dein Vater?", fragte Katja plötzlich. Sonja hatte noch nie über ihn gesprochen.

„Wahrscheinlich lebt er irgendwo da, wo ich aufgewachsen bin. Ich habe ihn nie gesehen.“

„Und würdest du ihn gerne sehen?“, fragte Eteri.

„Er wollte doch nie“, sagte Sonja. „Wie kann man denn sein Leben lang ignorieren, dass man ein Kind hat?“

„Bist du sauer auf ihn?“, fragte Katja.

„Nein.“

„Sie ist sauer“, sagte Eteri.

„Du spürst ja nicht einmal, dass in dir ein Kind ist, obwohl es schon fast da ist“, meinte Katja. „Vielleicht wäre es gut, wenn du deinen Vater findest, und dann lernst du auch das mit den Empfindungen? Findest heraus, was es mit den Blutsbanden auf sich hat, und häkelst dir die Liebe aus den Maschen der gemeinsamen DNS.“

„Oder vielleicht hat er wenigstens Geld“, sagte Eteri.

„Darin kommt dein mütterliches, dein weibliches Ich zum Ausdruck“, sagte Nastja. „Ein gesteigertes Verantwortungsgefühl, ein Beschützerinstinkt. Ich glaube, du machst dir gar nicht klar, dass du als Frau in der Lage bist, in deinem Körper Leben entstehen zu lassen – gestern hast du sogar gesagt ‚man ist schwanger‘. ‚Man‘ ist nicht schwanger, höchstens frau. Oder vielleicht magst du einfach keine Bohnen.“

Nastja war mit ihrem Mann und ihrem kleinen Sohn gekommen. Der Junge schlief. Ihr Mann saß brav da, hielt den Sohn im Arm und hörte zu. Es war ihm anzusehen, dass er auch gern ein Nickerchen gemacht hätte.

Sonja hatte die ganze Nacht hindurch gegrübelt. Katja und Eteri hatten ihr gesagt, sie habe Bedenkzeit, bis das Kind so groß war wie eine Bohne. Also stellte sich Sonja ein Kind in Bohnengröße vor – wie es überall herumkrabbelte und zwischen Löffeln, Schlüsseln und Dokumenten umherkroch wie ein Wurm. Winzig und weich stellte sie es sich vor, und dass man es leicht mit einer unbedachten Bewegung zerquetschen oder mit einem falschen Atemzug ersticken konnte. Sonja blieb die ganze Nacht hindurch beinahe reglos sitzen. Sie bildete sich ein, dieses zerbrechliche kleine Kind wäre ganz in der Nähe und sie allein trüge die Verantwortung dafür, dass es nicht zu Schaden kam. In Wirklichkeit war es allein Sonja, die dem Bohnenkind Schaden zufügen konnte. Sonja hatte Angst einzuschlafen. Am frühen Morgen rief sie Nastja an. Nastja kam mit ihrem echten Kind, das eine normale Größe aufwies, und die lästige Vorstellung verschwand.

„Vielleicht fährst du wirklich zu deinem Vater, solange du nicht weißt, was du machen sollst“, sagte Nastja. „Er hat dich zwar noch nie gesehen, aber das muss nichts heißen. Wer weiß, was er für Gründe hatte. Und wenn er dich bis jetzt nicht geliebt hat, dann macht er es eben jetzt.“

„Ich weiß ja gar nicht, was ich ihm sagen soll“, gab Sonja zu.

„Eure Georgierin hat Recht“, mischte sich Nastjas Mann ein. „Ein Kind, also wenn du es kriegst, das macht einen Haufen Probleme und kostet viel Geld. Vielleicht ist es nicht gerade die passendste Situation, aber Blut ist dicker als Wasser, und du hast ein Recht auf Unterstützung, würde ich sagen. Auch wenn dein Vater und du, wie soll ich sagen, wenn ihr bislang nicht so viel miteinander zu tun hattet. So kannst du ihm das erstmal verklickern. Und dann siehst du weiter. Man soll die Hoffnung nicht aufgeben.“

Und so versuchte Sonja, Hoffnung zu schöpfen.

Die Straße in die Stadt, in der Sonja geboren wurde und aufgewachsen war, führte durch kleine Siedlungen und Dörfer, zwischen denen weite Felder lagen. Sonja fuhr gegen Abend los. Tagsüber heizte sich das Auto so unerträglich auf, dass es von einem Fortbewegungsmittel zu einer Folterkammer wurde. Sonja öffnete nur ungern die Fenster. Jetzt, in der Dämmerung, hüpfte sie durch die Schlaglöcher, denen auszuweichen sie sich nie die Mühe machte. Dabei kam sie zur Ruhe und fühlte sich beschützt. Die Straße lenkte Sonjas Aufmerksamkeit weg von jenem Teil ihres Körpers, wo der lästige Versuch rumorte, sich das Kind vorzustellen und es idealerweise auch noch zu lieben. Die Dämmerung schliff die scharfen Kanten ihres gebrochenen Herzens ab. Wie eine verjagte Taube versuchte Sonjas verschüchterte Seele in die alte Zeit zurückzukehren, als es ihr noch gut ging und sie ihren sorglosen Platz hatte. Aber der Weg zurück war versperrt.

Gärten und Häuser zogen vorbei, Alte und Kinder saßen auf hinausgetragenen Stühlen vor dem Grundstück, genossen die warme Luft, redeten, reichten Dinge hin und her. Auf den zertrampelten Sportplätzen der geschlossenen Schulen spielten Jungs Ball, schläfrige Hunde sprangen aus den Höfen auf das Auto zu, knurrten und kläfften, aber nicht aus Verärgerung, sondern weil es sich so gehörte. Die Scheinwerfer zogen kleinere und größere Insekten an, schwere Nachtfalter flogen gegen die Frontscheibe, sie knackten und knirschten. Sonja taten sie leid. Dieses ruhige, stille Leben, seine Trägheit und Vertrautheit führten Sonja zurück in ihre Kindheit. Dieselben Fußballplätze und abendlichen, mit frischem Laub übersäten Gehöfte hatte sie vom Rücksitz aus gesehen, wenn sie mit ihrem Großvater aus dem Zoo nach Hause fuhr, der komischerweise nie hierherkam, sondern immer im benachbarten Gebietszentrum, in der Vorstadt anhielt. Die Käfige auf Rädern standen im Kreis, die Bären, Luchse, Affen, der Tiger und die räudigen Waschbären rochen scharf nach Schmutz und Tier. Die Frühsommersonne brannte heiß, zwischen den Waggons wurde klebrige Zuckerwatte mit braunen Zuckerklumpen verkauft, die Sonja an die blutigen Hahnentritte in einem aufgeschlagenen Ei erinnerten. Deshalb mochte Sonja keine Zuckerwatte und fürchtete sich vor ihr.

Jedes Mal ließ der Großvater Sonja auf einem Kamel reiten, das schmutzig, staubig, verschwitzt und hoch war und das Sonja ebenso wenig mochte. Großvater sagte immer, das Kamel sei unglücklich, weil es am meisten verdiene, es also auch am meisten arbeiten müsse, das sei ein Teufelskreis. Erst später verstand Sonja, dass Großvater nicht den Kreis meinte, in dem die fahrbaren Käfige aufgestellt waren. Das Brot, das ihre Mutter ihnen mit den weichen Vorjahresäpfeln und der Thermoskanne Tee mitgab, verfütterten Sonja und der Großvater an die gequälten Ponys. Man musste es richtig hinhalten, auf der flachen Hand, die Ponys nahmen das Brot mit ihren beweglichen trockenen Lippen, vorsichtig, zurückhaltend, als wüssten sie um die Gefahr, der sie Sonja aussetzten. Wenn sie nach Hause fuhren, bat Sonja den Großvater immer, bei irgendwem Halt zu machen – bei den Jungs, die im Dämmer Fußball spielten, bei den dicken, eingemummelten Omas auf den alten Stühlen, bei den Mädchen, die umherflatterten und ihren Spaß hatten, bei den Gruppen von Frauen, die ein Schwätzchen hielten und sich dabei Zeit ließen, oder bei den knurrigen Männern, die leise redend irgendwohin gingen, alte Fahrräder neben sich herschoben und den Rauch billiger Zigaretten zurückließen. Für Sonja war das eine Fortsetzung des Zoobesuchs, die Menschen kamen ihr ganz anders vor als die, die sie von zu Hause kannte. Wie eben auch ein Tiger, Wolf oder Waschbär ganz anders waren als eine Katze, ein Hund oder ein Hamster, mit denen sie tagtäglich zu tun hatte. Sie wollte sich unbedingt diesen anderen Menschen anschließen, in ihr Leben schlüpfen wie durch den Spalt in einem fremden Zaun und unter ihnen ihren Platz finden – sie konnte sich gut vorstellen, mit den Jungs Ball zu spielen, auf dem Schoß der alten Frauen zu sitzen oder mit den Mädchen herumzutoben. Von diesem Verlangen, vom Dämmerlicht, von der feuchten Dunkelheit der Gärten an der Straße und dem Hoppeln durch die Schlaglöcher riss Sonjas Herz.

Aber der Großvater hielt nie an.

Als das Dorf von Feldbiegungen abgelöst wurde, auf denen Elektromasten finster ihre Arme zum Himmel reckten und zum Horizont wuchsen und hier und da Inseln von Büschen auftauchten, fiel Sonja auf, dass sie genau aus diesem Grund unterwegs war – um durch die Ritzen in eine fremde Welt zu schauen, wo sich vielleicht ein Platz finden würde für sie und all das, womit sie nichts anzufangen wusste.

Dann fuhr Sonja lange am Stausee entlang, der sich an manchen Stellen bis an die Straße ausdehnte, an anderen Stellen zurücktrat und die Lehmzungen der Ufer freigab. Da, wo der Stausee ganz flach war, wiegten sich die bleichen Stängel des vorjährigen Schilfs und zwischen ihnen stieg Abendnebel auf. Sonja schaltete die Scheinwerfer ein, und der Lichtkegel lief das Ufer entlang und zitterte auf dem dunklen Wasser. An der Stelle, an der der Stausee von einem

Dorf und gleich darauf von einem Friedhof abgelöst wurde, stand eine Frau am Straßenrand. Sonja hielt an.

„Können Sie mich bis zum Abzweig mitnehmen?", fragte die Frau. Eigentlich gab es auf der ganzen Strecke nur einen richtigen Abzweig. Für Sonja markierte er die Hälfte des Weges. Wenn sie den Abzweig passiert hatte, wollte sie eigentlich nur noch ankommen und musste deswegen aufpassen, nicht zu schnell zu fahren: Die Straße führte dort fast überall durch Kleinstädte und Dörfer, Kaninchen, Hühner, Hunde und Kinder kamen geschäftig auf die Straße gelaufen, große, dunkle Menschen kreuzten den Weg.

„Steigen Sie ein, ich nehme Sie mit", sagte Sonja, und die Frau kroch auf den Rücksitz. In ihrer Tasche klapperte Metallgeschirr, Plastikflaschen stießen aneinander: Die Frau kam vom Friedhof. Sie fuhr seit dem Barmherzigkeitssonntag bis jetzt an jedem freien Tag auf den Friedhof zu ihren Toten und drang auf ihren Besuchstouren immer tiefer ins Land ein. Die Frau hatte sehr viele Tote. Sie begann ihre Aufzählung bei den – geografisch gesehen – nächsten Verwandten: Die Großmutter ihres Mannes lag ganz in der Nähe, in ihrem Dorf; der Großvater ihres Mannes hingegen lag durch den Krieg irgendwo in Belarus begraben, ihn hatte sie nur einmal besucht, und das war lange her. Im selben Dorf, nur auf einem anderen Friedhof, lag auch ihr Mann. Im Nachbardorf lagen die Eltern ihres Mannes, zwei Schwestern und deren Männer, sie waren praktischerweise an einem Ort zusammengefasst, die konnte sie mit einer Tour erledigen. Die Großeltern der Frau samt ihrer buckeligen Tante lagen in der nächsten Kreisstadt – die Großeltern in einem Familiengrab unter einem Grabstein und die Tante hinter einer Abzäunung, sie hatte nicht gern mit ihrem Buckel gelebt. Die Mutter der Frau lag in einem Birkenwald auf einem Weiler 40 Kilometer vom Dorf entfernt. Südlich von dort, auf der anderen Flussseite, lagen der Vater der Frau, seine zweite Ehefrau, deren Sohn aus erster Ehe, die gemeinsame Tochter und die jüngere Schwester der Frau – sie waren alle verbrannt; diese zweite Familie hatte sehr aneinander gehangen und zusammengehalten. Dreißig Kilometer von seinem Großvater entfernt lag der Sohn der Frau, auf einem verlassenen Friedhof in einem ausgestorbenen Dorf bei einem leeren Silo. Zwei weitere Stunden mit dem Bus von dort lag der Großneffe der Frau; dort übernachtete die Frau immer bei der Frau des Großneffen. Weiter, in der Nähe des Stausees, lag die Frau ihres zweiten Sohnes; der Sohn wohnte nicht mehr dort, und Sonja fragte lieber nicht nach, ob er noch am Leben war. In die Stadt, wo die Eltern der anderen Schwiegertochter lagen, wollte sie am nächsten Wochenende fahren. Und noch weiter weg lag die zweite Tante der Frau – das würde sie erst zum Dreifaltigkeitsfest schaffen.

„Und was machen Sie mit denen?“, wollte Sonja wissen.

Die Frau musste lachen. „Also, ich putze den Grabstein, wenn sie nicht nur ein einfaches Kreuz haben“, sagte sie, „da hocken die Krähen und machen Dreck. Dann rupfe ich Unkraut, hacke, manchmal pflanze ich auch was. Ich bleibe bei ihnen, rede mit ihnen, ist doch schließlich meine Familie.“

Womöglich antworten sie sogar, überlegte Sonja.

„Dann gieße ich jedem einen Schnaps ein, den Kindern natürlich nicht“, fuhr die Frau fort. „Kolja bestellt im Dorf für mich immer die kleinen Schnapsgläser, wenn es auf den Barmherzigkeitssonntag zugeht, er weiß, dass ich die immer alle wegkaufe. Aber wenn die Reihe an mir ist, sagt er, dann kommst du mich auch besuchen, sagt er. Mach ich doch, keine Frage, Hauptsache, dass er dann in unserem Dorf liegt. Denn der zweite Mann von meiner Schwiegertochter liegt 270 Kilometer weit weg, in einem anderen Gebiet. Den besuche ich auch, macht ja sonst keiner. Weißt du, manchmal komme ich nachts vom Friedhof heim und dann geht es mir gut, dann bin ich ganz ruhig, dann denke ich mir: Brauchen die mich gar nicht?'"

„Wer? Die Toten?", fragte Sonja nach, doch die Frau schrak zusammen und schaute Sonja verwirrt und erschrocken an. – Da begriff Sonja, dass die Frau kein einziges Mal dieses Wort verwendet hatte. Sie sprach davon, dass ihre Verwandten „liegen" – gestorben war keiner.

Am Abzweig stieg die Frau aus. Sonja hatte sich nicht getraut zu fragen, ob es außer der einen Schwiegertochter wenigstens einen Menschen gab, der noch nicht lag. Bei Sonja war außer dem Großvater niemand tot. Der war im Auto eingeschlafen und am Kohlenmonoxid erstickt.

Sonja war damals 16 und sprach viel davon, dass sie aus der Stadt weggehen und woanders studieren wolle, aber das war nie richtig ernst, denn der Großvater hatte niemanden außer ihr und der Mutter, und obwohl er noch immer jeden Morgen aufstand und seine Armeeübungen machte, war er doch schwächlich, störrisch und immer mehr auf fremde Hilfe, Ohren und Augen angewiesen. Sonjas Mutter ließ sich ein Visum ausstellen und sprach viel davon, dass sie zum Arbeiten ins Ausland gehen wolle, aber das war nie richtig ernst, denn Sonja und der Großvater hatten außer ihr niemanden. Sonja hatte den Großvater damals in die Garage gebracht – er hatte sehr darum gebeten. Früher hatte er ganze Tage dort verbracht, hatte den Unterboden mit Korrosionsschutzmittel behandelt, die Haken und Angeln fürs Fliegenfischen repariert. Jetzt gab es weder Korrosionsschutzmittel noch Angeln, und Großvaters Hände griffen kraftlos nach irgendwelchen Gegenständen, um sie sogleich wieder fallen zu lassen. Seine Augen tränten und waren mit einem Netz aus rosa Äderchen überzogen und mit Blutergüssen übersät. Der Großvater wurde nicht kindisch, sprach aber immer häufiger von der Kindheit, erzählte viel von den Abraumkegeln und Maisfeldern, zwischen denen er aufgewachsen war, von seinen Verwandten, die jetzt – ob tot oder lebendig – in alle Winde zerstreut waren. Alle Geschichten endeten unweigerlich damit, dass er danach in den Krieg gezogen war. Die Zeit riss ab – vom Krieg erzählte Großvater nie, an den Erinnerungen war etwas Einschneidendes, das er nicht in Worte fassen, geschweige denn zum Leben erwecken wollte.

Es war März, und Sonja ließ den Motor an, damit der Großvater nicht erfror. Sie ging ins Haus und trank Unmengen von dem Hagebuttensud, den der Großvater am Morgen angesetzt hatte. Von diesem Getränk geriet man ins Schlafen und Träumen, und Sonja wollte sich für ein Stündchen hinlegen.

„Ich hole Großvater aus der Garage", sagte die Mutter und trank auch von dem Hagebuttensud. Am Morgen erwachten sie und rannten zum Großvater.

„Großvater wird zetern", sagte ihre Mutter und stieß weiße Wölkchen in die kalte Luft. Sonja und sie fanden es lustig und peinlich zugleich, dass sie den Opa in der Garage vergessen hatten. Großvater war immer noch vorsichtig und vernünftig, allein hätte er die Garage nicht verlassen. Dort war es trocken und sicher, schon als er das Auto gekauft hatte, hatte der Großvater Licht in die Garage gelegt.

„Ganz sicher wird er zetern", stimmte Sonja zu. Zetern liebte der Großvater über alles.

Aber der Großvater schimpfte nicht und zeterte nicht. Mit vorgestrecktem Kopf saß er auf dem Fahrersitz im angelassenen Lada, alle Fenster waren fein säuberlich geschlossen. Das Licht in der Garage hatte der Großvater vorsorglich gelöscht.

„Er schläft noch", sagte die Mutter erleichtert. Großvater lächelte, er wirkte ganz entspannt, wie aus Gummi. Wahrscheinlich hatte er wirklich geschlafen. Ehe er am Gas erstickt war. Sie begruben Großvater vor Ostern. Der Priester, den Großvater als Parteimitglied nicht gewollt hätte, dozierte leiernd darüber, wo sich die Seele aufhielt – irgendwo da, sie stürzte auf alle zu, schrie und lärmte, aber keiner hörte sie, weder die Lebenden noch die Toten, weder Gott noch die Engel, nicht einmal die anderen Seelen, die selbst an diesem Scheidepunkt stehen mussten. Sonja ging es nie so schlecht wie in dem Moment, als sie sich den Großvater vorstellte, wie er zur Toilette muss, etwas trinken will, Hagebutten kochen oder zetern will, sich unter die anderen mischen und bei ihnen anschmiegen will, ihn aber niemand sieht und hört, als würde es ihn gar nicht geben. Er lag im Sarg in seiner Offiziersuniform, die Kriegsorden hatten Sonja und ihre Mutter dem Großvater in letzter Minute angeheftet, sie kannten die Regeln nicht, also hatten sie sie einfach irgendwie befestigt. Großvaters Freunde, Kriegsveteranen, flüsterten missbilligend. Großvater war klein gewesen, kleiner als Sonja und ihre Mutter. Wann und wie war er eigentlich so geschrumpft, überlegte Sonja, die ihn als kräftig, beweglich, lautstark und lebendig in Erinnerung hatte. Der tote

Großvater tat ihr unendlich leid, sie hätte ihn hochheben, umarmen, trösten wollen. Als auf dem Friedhof das Salut ertönte, für das man aus der Armeeeinheit bekiffte Soldaten in einem LKW herbeigeschafft hatte, mit dem man die ganze Stadt hätte vergiften können, und der Deckel auf den Sarg geschraubt wurde, schien es Sonja, als würde sich der Großvater erleichtert zurücklehnen. Alles hatte geklappt, das mit dem Priester und den falsch angesteckten Orden war halb so schlimm, das waren Kleinigkeiten, wegen so etwas hatte sich der Großvater nie sonderlich den Kopf zerbrochen. Sonja fragte sich, ob es gut oder schlecht war, dass alles so kompliziert war und keiner je wissen wird, was genau passiert ist, und ob das zu etwas nütze war. Und vor allem, ob sie und ihre Mutter Schuld haben, und wenn ja, woran genau. Sie beschloss, nicht darüber nachzudenken, wie und warum alles passierte, etwas sagte ihr, dass genau das richtig war. Ihre Mutter konnte nach dem Tod des Großvaters nachts lange nicht schlafen, als hätte sie jemanden Wichtiges in der Garage vergessen. Sie wollte Großvaters Schlaftabletten nehmen, aber die weiße Dose war leer, obwohl der Großvater laut Plan eigentlich nur eine halbe Tablette täglich einnehmen sollte. Großvater zeichnete nämlich für alles Pläne und hängte sie neben den Abreißkalender in der Küche. Sonja schmiss den Plan und auch alle anderen Pläne weg, auch den Kalender. Weder Sonja noch ihre Mutter tranken jemals wieder Hagebuttensud, Mutters Schlaflosigkeit verschwand nach einiger Zeit von selbst, und die Geschichte mit dem Großvater, den sie in der Garage vergessen hatten, verblasste, wurde aus den Erzählungen der Leute geklopft wie der Staub aus einem alten Läufer, bekam Löcher, verschwand und hörte auf zu schmerzen.

Sonja bog von der Schnellstraße auf die Straße durch den Wald ein, den die Stadtbewohner hier und da gerodet hatten, um Gärten anzulegen. Dieser wilde Ackerbau war weniger ein Hobby der Städter, als vielmehr eine Notwendigkeit – im Wald, auf einer Fläche, die niemandem gehörte, ließen sich so Lebensmittel für den Winter anbauen. Durch den Wald ließ sich die Strecke um zwanzig Minuten verlängern, man kam dann nicht über den Flughafen, sondern durch die dunklen Vorstadtsiedlungen, von der Flussseite her, in die Stadt. Sonja wusste nicht so genau, wohin sie nach ihrer Ankunft gehen sollte – es war ein bisschen so wie mit der Seele, die zwar schon tot war, aber ihre eigentlichen Rechte als Seele noch nicht erlangt hatte, sie fühlte sich nicht gut, weil sie nirgends hingehörte. Vor ihr lag alles im Nebel, im übertragenen wie im direkten Sinn. Die Scheinwerfer leuchteten schwach, Sonja sah gerade mal ein paar Meter schlechten Asphalts vor sich, Unkraut am Straßenrand, Brombeergestrüpp und Baumstümpfe. Es kam ihr so vor, als würden die Baumstümpfe und die Brombeeren immer näher rücken, als würde sich die Straße immer weiter verengen und zuwachsen. Eigentlich fuhr Sonja gern nachts, aber die Ungewissheit der ganzen Situation stand jetzt wie ein dunkler Wald vor ihr, schwankte hin und her, streckte die stacheligen Zweige nach ihr aus und kratzte schwermütig am Auto – das war alles andere als angenehm. Gleich musste die Brücke über den Fluss kommen, und hinter dem Wald lag schon der helle Schimmer der Stadt. Sonja verringerte die Geschwindigkeit, dann hielt sie ganz an, vor Verwirrung – die Brücke war weg. Ganz und gar verschwunden. Die Straße brach ab, Reste von rostigen Metallträgern ragten auf wie blinde Tentakel, und dahinter trafen die Scheinwerfer auf Wasser. Der

Fluss war nicht tief, hatte aber eine starke Strömung, selbst die erwachsene Sonja hätte der Fluss umgerissen. Das Wasser kam aus den Bergen, war kalt, wild und irgendwie unheimlich. Hier und da hatten Lehm und Sand den Boden bedeckt, aber das Wasser hatte sie längst weggespült, in den Südosten getragen und den blanken Stein zurückgelassen, deswegen gab es überall entlang der Strömung Untiefen – Löcher unter Wasser, von denen man nicht wusste, wie tief sie waren, in deren Strudel und Wirbel das Vieh, leichtfertige Bekannte und entfernte Verwandte stürzten. Sie mussten immer als Beispiel herhalten, worauf man in einem unbekannten Gewässer achten muss, wenn man nicht weiß, wo die seichten Stellen sind, und dass man ein solches Gewässer am besten ganz meiden sollte.

Sonja legte den schwergängigen Rückwärtsgang ein, blickte in den Rückspiegel und sah im Schein des Rücklichts einen Jungen. Einen Jungen, der mitten in der Nacht in einem Wald am Fluss eigentlich nichts zu suchen hatte – die Brücke hätte da sein sollen, der Junge nicht. Aber es war genau umgekehrt. Vor Schreck – nennen wir das einmal so – ging Sonja vom Pedal, ohne den Gang herauszunehmen, der Lada zuckte zusammen, machte einen Satz, schepperte und verreckte. Es hörte sich so an, als hätte jemand mehrere alte Kupfer-, Emaille- und Aluminiumschüsseln und -platten gleichzeitig fallen gelassen. Der Junge kam näher und pochte an Sonjas Scheibe. Wenn ich ihn nicht ansehe, verschwindet er, dachte Sonja. Die Angst presste ihr die Lungen zusammen, wie ein LKW-Fahrer eine Papierserviette in der Hand zusammendrückt. Sonja schaute geradeaus, der Junge pochte weiter. Da ist kein Junge, redete Sonja sich ein, oder war da einer? Sie ging von der schweren Kupplung, atmete ein, hob die Hand, schaltete die Scheinwerfer aus und saß plötzlich im Dunklen. Sonja wollte bis zehn zählen, zählte aber nur bis drei, schaltete die Scheinwerfer wieder ein und rang sich durch hinzuschauen – dieser Neustart hätte den Jungen verschwinden lassen sollen, er stand aber immer noch da, presste Nase und Lippen gegen die Scheibe, sah Sonja mit den dunklen Augen des nächtlichen Waldes an und versuchte ihr irritierendes Manöver zu verstehen. Dann nahm er sein Gesicht von der Scheibe und tat das, wovor Sonja die meiste Angst gehabt hätte, wenn sie darüber nachgedacht hätte: Er zog am Türgriff und öffnete die Tür. Sonja erstarrte.

„Die Brücke ist weggespült worden, letztes Jahr", sagte der Junge. Er sah aus wie ein gewöhnlicher dürrer Junge von sechs Jahren, der im Wald wohnte und nachts nach zufälligen Autos Ausschau hielt, sich vom Licht der Scheinwerfer, von den Abgasen aus billigem Treibstoff oder von den Seelen der Reisenden ernährte. „Die Ärsche haben sie noch nicht wieder aufgebaut."

„Aha", sagte Sonja.

„Was ‚aha'? Hier kommst du nicht durch. Hier gibt es Löcher. Fahr mir hinterher."

„Wohin?", fragte Sonja.

„Fuck", sagte er glockenhell und lachte, das Wort schien ihm sehr zu gefallen. Von seinem Lachen wurde Sonja leichter, besonders weil ihm fast alle Schneidezähne fehlten.

„Wer bist du eigentlich?" Sonja fragte das ganz ruhig.

„Ich bin Besnyk", sagte der Junge.

„Na, das ist vielleicht ein Familienname."

„Familienname-Fotzenname", sagte er und lachte wieder. „Das ist mein Vorname. Ich bin ein Zigeuner."

„Aha.“

„Hast du etwa kein GPS?“ Er sah in den Innenraum und musterte alles auf kindliche Art. Dann besann er sich und sprach gleichgültig weiter. „Ich geh vor, und du fährst mir hinterher. Ruslan hat gesagt, ich soll nicht in Autos einsteigen.“

„Und warum?“, fragte Sonja, obwohl sie eigentlich fragen wollte, wer Ruslan war.

„Weil ich nicht zu fremden Leuten ins Auto steigen darf“, sagte Besnyk und imitierte gekonnt eine Intonation, die ausdrücken sollte, wie offensichtlich das war. „Und zu manchen Bekannten auch nicht.“

„Du bist irgendwie ein schreckhafter Zigeuner“, bemerkte Sonja.

„Ich bin einfach ein ziemlich kleiner Zigeuner“, sagte Besnyk keck, drehte sich um und lief los. Sonja ließ den Motor an und fuhr hinterher.

Der Junge lief durch den Wald, offenbar wusste er genau, wo man mit dem Auto durchkam. Sonja schlich im ersten Gang hinterher. Lautlos watete Besnyk durchs Gras. Vor ihnen flimmerten Lichter. Sie sahen aber nicht aus wie ein nächtliches Zigeunerlagerfeuer, das Sonja erwartete hatte – eher wie ein einsames Neubauviertel. Besnyk lief durchs Gebüsch, ohne sich umzudrehen, er winkte Sonja, sie sollte ihm folgen, die Motorhaube schob die Zweige auseinander. Eine Waldwiese tauchte auf, auf der in U-Form drei Neungeschosser standen. In den meisten Fenstern war Licht, Gardinen gab es keine – Sonja sah Silhouetten in leeren Zimmern. Im Hof neben dem Gerüst eines alten Karussells brannte dann doch ein Lagerfeuer. Frauen hatten Töpfe mit dampfendem Essen in das Karussell gestellt und Würste und Fleischstücke auf die Streben gespießt. Kinder liefen den Frauen vor den Füßen herum und holten unter dem Karussell, mitten aus dem Feuer, verbrannte Kartoffeln hervor. Es war laut, jemand lief über den Hof, trug Eimer mit Wasser, irgendwo wurde gesungen, von den Fenstern drangen Stimmen, Lachen, Hundegebell, das Knacken von Radios, das Quietschen unsichtbarer Türen und Husten. Sonja stellte den Motor ab und stieg aus. Ein groß gewachsener, hagerer älterer Mann kam ihnen entgegen. Besnyk rannte auf ihn zu, der Mann holte aus und gab dem Jungen eine klatschende Ohrfeige. Der kleine, leichte Zigeunerjunge rollte wie ein Welpe durchs nächtliche hohe Gras.

„Verdammt! Willst du verrecken? Der Mund wird mit Seife gewaschen!", sagte der Mann streng, aber unaufgeregt.

Besnyk rappelte sich auf und rannte davon – aber nicht, um sich den Mund zu waschen, sondern um sich auch eine Kartoffel unter dem Karussell hervorzuangeln. Man sah Besnyk an, dass er nicht böse war.

„Da geben wir uns so viel Mühe mit der Erziehung, und dann bringt er solche Wörter aus der Stadt mit", sagte der Mann, als müsste er sich entschuldigen, und stellte sich vor: „Ruslan Likarenko."

Als Sonja noch hier lebte, also nicht hier, sondern in der Stadt, gingen die Leute, wenn sie Gras oder Selbstgebrannten brauchten oder lange Messer, um ein Schwein zu schlachten, oder ein Auto mit einer gefälschten Identifikationsnummer immer zu den Likarenkos. Dort wurde auch geweissagt, zugesprochen, weggewünscht, wurden Urteile nivelliert und Wertgegenstände aus der engeren oder weiteren Familie beliehen. Keiner wusste, wie groß die Likarenko-Sippe war und wo sie lebte, aber ihre Mitglieder waren zahllos und lebten überall. In Mamas Klasse ging Zaza Likarenko. Eine Woche vor dem Abschlussball hatte er Nadja Pripchan niedergestochen, die ihn entweder nicht liebte oder doch liebte, aber nicht nur ihn. Mitten in der Stunde war das passiert, theoretisch wäre Sonjas Mutter dabei gewesen, aber sie war gerade unterwegs, um das Klassenbuch zu holen. Von der Kunstschule kannte Sonja Rada Likarenko, die ging zum Tanzen. Wenn sie tanzte, verloren die Leute den Verstand. Sie trat oft auf Konzerten und Feierlichkeiten für die Gebietsverwaltung auf. Bei dem damaligen Leiter der Behörde, seinen Stellvertretern und anderen wichtigen Mitarbeitern machte sie großen Eindruck.

„Die Brücke ist weggespült worden", sagte Ruslan. „Du kannst mit uns essen, hier übernachten und morgen früh nimmst du die Umfahrung. Willst du nach Hause?"

„So könnte man es auch sagen", antwortete Sonja.

Ruslan wohnte im Erdgeschoss, in einer Wohnung mit Loggia. Die Frauen brachten einen Topf Suppe, Brot, Teller und Löffel, Zwiebel, Kräuter, Kartoffeln und Salz, auf dem Fußboden breiteten sie eine Tischdecke aus. Ruslan setzte sich und bot auch Sonja einen Platz an. Hinter einer Tür, die mit einem Hängeschloss verriegelt war, befand sich offenbar ein weiteres Zimmer – dort scharrte jemand mit den Füßen, sprang, atmete scharf und leicht ein und aus, als würde sich dieser Jemand gleichmäßig bewegen, rennen, innehalten und wieder springen.

„Rada", erklärte Ruslan.

Sonja verstand.

„Und was machst du?", fragte er, riss sich Brot ab und belegte es mit Fleischstücken und Zwiebel. Er war ein Meister darin, ungezwungene Gespräche zu führen. Sonja zuckte mit den Schultern.

„Und Sie?", fragte Sonja zurück.

„Wir handeln mit Immobilien“, sagte Ruslan, obwohl das, was in den duftenden Säcken in der Loggia stand, nicht gerade nach Immobilien aussah. „Wir verkaufen die Wohnungen hier und gehen weg. Eine einzige ist noch übrig, eine gute Wohnung, schöne Aussicht, 49 Quadratmeter. Mit Wachdienst, gute Verkehrsanbindung, gesundes Leben im Grünen. Das ist jetzt sehr gefragt.“

„Und wo haben Sie die her?“ Sonja sprach von den Neungeschossern im Wald, denn das mit den Säcken hatte sie schon kapiert.

„Ganz ehrlich? Keine Ahnung“, sagte er. „Das haben die Likarenkos gerissen.“

„Und wer sind hier die Likarenkos?“, wollte Sonja wissen.

„Hier sind alle Likarenkos.“ Er kostete die Suppe, das Brot krümelte, der Zwiebelgeruch verbreitete eine eigene häusliche Gemütlichkeit.

„Kennen Sie vielleicht meinen Vater?“, fragte Sonja.

„Den Sohn vom Augenarzt, dem selbst ein Auge rausgenommen wurde, als er an der Hochschule für Erdölgewinnung studiert hat?“ Ruslan überlegte. „Nein, kenne ich nicht.“

„Aha“, sagte Sonja. Von dem rausgenommenen Auge hörte sie zum ersten Mal.

„Und wozu brauchst du den?“, fragte Ruslan.

„Ich bin ein bisschen schwanger, wissen Sie.“ Ruslan konzentrierte sich auf seine Suppe. „Ich suche meine Familie, ich möchte herausfinden, was es mit den Blutsbanden auf sich hat.“

„So also“, meinte Ruslan, war aber taktvoll genug, die Sache nicht weiter zu vertiefen.

„Ich verstehe das Kind nicht. Ich spüre es nicht. Einfach so hopp und zur Welt bringen, das geht doch nicht.“

„Doch“, sagte Ruslan fest, und irgendwie glaubte Sonja ihm.

„Und wird alles gut?“, fragte sie unsicher.

„Man kann nie wissen, wie es wird.“ Er schaute unwillkürlich zur Tür, hinter der Rada schurrte und sprang.

„Schrecklich.“

„Keine Angst“, sagte Ruslan lächelnd. „Die Zigeuner nehmen’s dir nicht weg. Die haben genug an den eigenen.“

„Ich hab mich das ganze Leben lang gefragt, warum alle behaupten, Zigeuner würden Kinder stehlen“, sagte Sonja, „als ob sie keine eigenen Probleme hätten.“

„Sie stehlen keine Kinder, Zigeuner haben die schönsten Kinder der Welt. Die anderen sind alle neidisch.“

„Ach, wirklich?“, fragte sie ungläubig.

„Kommt immer drauf an.“

„Wenn ich meinen Vater finde, dann verstehe ich vielleicht besser, was das sind: Blutsbande“, sagte Sonja. „Oder vielleicht hat er wenigstens Geld.“

„Suchen kannst du ihn“, meinte Ruslan großzügig, „aber Geld hat er keins.“

Dann aßen sie zu Ende. Ruslan schlug vor, was von dem Zeug aus den Säcken auf der Loggia zu rauchen. Sonja willigte ein, rauchte und verwandelte sich umgehend in eine Immobilie.

Sie erwachte auf der Rückbank ihres Autos. Auf dem Hof war alles still, in den Häusern brannte kein Licht – nur hinter den mit Teppichen und Lappen verhängten Fenstern in Ruslans zweitem Zimmer bewegte sich in fahlem Schein ein schmaler Schatten. Das Feuer war fast heruntergebrannt, etliche Töpfe waren auf dem Karussell zurückgeblieben, ein paar von ihnen dampften noch. Besnyk kratzte am Fenster. Sonja öffnete die Tür, und er kroch hinein, machte es sich bequem, umarmte sie fest und legte ihr den Kopf auf die Brust.

„Du riechst einfach gut", erklärte er. Sonja lächelte im Dunkeln und drückte ihn ebenso fest an sich. Besnyk roch nach Lagerfeuer, Gras, Baustoffen und einem ungewaschenen Kindershirt. Er war sehr still, ganz mager und klein. Sonja nahm seine Hand und legte sie auf ihren Unterbauch. Besnyk streichelte sie vorsichtig.

„Du könntest da drin sein", sagte sie.

Besnyk seufzte träumerisch und schmiegte sich enger an Sonja. Vielleicht dachten sie jetzt an ganz unterschiedliche Sachen.

Der Junge an der Tankstelle am Ortseingang machte gerade die Schichtübergabe. Er war groß, hellblond, braungebrannt, und er kam Sonja irgendwie bekannt vor – obwohl ihr das bei hübschen Menschen öfter passierte. Meistens lernte Sonja sie dann auch kennen. Der Morgen war sonnig, Sonja tankte voll, einfach, um länger warten zu müssen. Der Junge zog seine rote Firmenjacke aus und trug nun nur noch ein graues T-Shirt und lockere Jeans, die seine Figur optimal unterstrichen. Irgendwie overdressed, dachte Sonja und betrachtete seine Ablösung – der Mann trug Hosen und Schuhe, die einmal Lackschuhe gewesen waren, aber die Firmenjacke hatte er lässig über das T-Shirt mit einer Sportsymbolik gezogen. Als der erste herauskam, folgte Sonja ihm unwillkürlich und betrachtete seinen Rücken, und plötzlich blieb ihr Blick an der runden Narbe im Nacken hängen. Wie groß er geworden war!

„Pu!", sagte Sonja erfreut. „Pu!"

Sascha Wertipu drehte sich schüchtern um, aber das breite Lächeln auf seinem Gesicht ersetzte im Nu den Ausdruck der Angespanntheit.

„Sonja!“, sagte er. „Na sowas! Gut siehst du aus.“

Er umarmte sie fest, und Sonja bemerkte, dass er dasselbe Parfüm benutzte wie Louis, teures, gutes Parfüm. Mit der Erinnerung an Louis wurde sie von einer Welle aufgesparter Zärtlichkeit überrollt, die kein Ziel fand und sich deswegen auf Pu richtete.

„Willst du nach Hause?“, fragte Sonja schnell, ehe er fragen konnte, warum sie gekommen war. „Ich bringe dich heim.“

Die Stadt war noch leer, der Tag – ein langer, wichtiger und guter Tag – brach an. Gelbe Minibusse sammelten sich scharenweise an den Haltestellen. Pu erklärte ihr den Weg und lachte pausenlos, als wäre Sonja seine leibliche Schwester, die er nach einer langjährigen Trennung endlich wiedergefunden hatte. Aber er lachte aufrichtig, anders, als es in solchen Fällen normalerweise im Fernsehen geschah. In der Schule war Pu ruhig, nett und ehrlich gewesen, ein guter Schüler. Wenn sich die Klassenkameraden nach dem Unterricht trafen, um sich näher kennenzulernen, war er nie dabei. Irgendwie mochte ihn keiner – weder die Mädchen, obwohl er dem Aussehen nach einen ausgezeichneten ersten Partner fürs Kennenlernen abgegeben hätte, noch die Jungs, obwohl er alle abschreiben ließ, gut in Sport war und gerne Geld verlieh. Nur schien sich nie jemand bei ihm Geld zu leihen. Die Jungs ließen ihn meistens in Ruhe. Nur ein einziges Mal steckten sie ihm in der vormilitärischen Ausbildung eine brennende Zigarette unter die Gasmaske. Die Brandwunde bedeckte er lange mit einem Schal, schwieg sich aber in der Klassenleiterstunde darüber aus, wer es gewesen war – das brachte ihm

Achtung ein. Keiner gab sich mit ihm ab – als wäre er unberührbar. Im positiven wie im negativen Sinne umgab ihn eine Aura der Unantastbarkeit. Die letzten paar Jahre hatte Sonja in der Bank hinter ihm gesessen und die Narbe und den gut gebauten, nicht gerade halbwüchsigen Rücken studiert. Manchmal schien es ihr sogar, als sei sie in ihn verliebt, aber nur vom Rücken her war das schwer zu beurteilen. Niemand wusste, was er nach dem Unterricht machte, und es interessierte auch niemanden. Niemand außer Sonja, der Pus Rücken gefiel, bemerkte seine Existenz. Pu schien das nicht zu stören.

„Ich lebe mit Zhenja zusammen", sagte er plötzlich und schaute Sonja fragend an.

„Mit welcher Zhenja?", wollte Sonja wissen. Pu senkte die Augen und – so schien es ihr – hörte auf zu lachen. Sie wartete auf eine Antwort, aber Pu schwieg.

„Könnte ich vielleicht bei dir duschen?", fragte Sonja, als sie da waren. „Zhenja hat doch hoffentlich nichts dagegen?"

„Klar", sagte er und nahm irgendwie ängstlich Sonjas kleine Tasche von der Rückbank.

In der Wohnung roch es nach Milchkaffee, nach einem guten Morgen und nach Frühstück. Als sie sich im großen Flur die Schuhe auszogen, klapperte in der Küche jemand mit Löffeln und Tassen, ein polnischer Radiosender war zu hören. Sonja bemerkte die akkurat aufgereihten, ordentlich geputzten Schuhe, die grazile Stehlampe in der Ecke, die farblich geordnete Kleidung auf Bügeln, die Schwarz-Weiß-Fotografien und die alten gerahmten Plakate, die dezent und gelungen das helle Interieur ergänzten. Im Wohnzimmer standen ein Klavier und ein runder Tisch, auf dem eine lange Decke lag und eine Vase mit Tulpen stand. Sonnenflecken tanzten durchs große Fenster ins Zimmer. Zhenja, wer auch immer sie sein mochte, und Pu bewiesen Geschmack bei der Inneneinrichtung, sie mochten ihre Wohnung – so richteten sich Leute mit Lebenslust ein. Oder Leute, die sich sehr viel Mühe geben, Lebenslust zu empfinden. Pu trat von einem Bein aufs andere, Sonja stellte ihre Stiefel ordentlich neben all die anderen Schuhe. Plötzlich hörte man Schritte aus der Küche. Mit freiem Oberkörper, also sozusagen häuslich-leger topless, kam Pus großgewachsene, kurzhaarige Freundin in den Korridor, umarmte ihn von hinten, schob ihm die Nase unters Ohr, küsste seinen Hals, und genau in dem Moment, als Sonja sie begrüßen wollte, den Blick aber noch nicht gehoben hatte, da das Mädchen ja halbnackt war, sagte die Freundin mit einer tiefen, leidenschaftlichen männlichen Stimme: „Mensch, Sonja! Gut siehst du aus."

Zhenja* Wertipo schaute verschmitzt lächelnd hinter Pu hervor. Ebenso wie Pu hatte auch Po in der Schule keine Freunde gehabt. Allerdings hatte Sonja auch nie bemerkt, dass Pu sich besonders zu Po hingezogen fühlte – das hatte aber wahrscheinlich Gründe.

„Wir sagen meistens, dass wir Brüder sind", sagte Po und schenkte allen aus einer hellblauen Kanne Kaffee ein.

„Falls mal jemand fragen sollte", fügte Pu hinzu.

„Wie soll das denn gehen?", fragte Sonja, „ihr habt doch verschiedene Familiennamen."

„Nur ein bisschen verschieden", sagte Pu ernst, aber irgendwie auch verzweifelt.

Am schlimmsten war es mit den Angehörigen. Po kam aus einer religiösen Intelligenzler-Familie. Als

---

* Zhenja ist die Koseform sowohl der weiblichen als auch der männlichen Form des Vornamens Jewhen/Jewhenija.

Kind hatte er im Kirchenchor gesungen und oft seine Trompete mit in die Schule geschleppt, weil er anschließend zum Musikunterricht ging. Po mochte seine Schwestern, seine Mutter und seine Oma, aber sein Vater hatte ihm Hausverbot erteilt, er lehrte an der Uni, solche Geschichten konnte er nicht gebrauchen. Seine Schwestern kamen ab und zu bei Po vorbei, stiegen im Korridor aus ihren Stöckelschuhen, erzählten, wie es ihnen ging und was sie machten, zeigten Fotos, brachten ihm etwas von seiner Mutter oder irgendwelche Bildchen von seiner Oma. Sie kamen aber nur, wenn Pu nicht zu Hause war.

Pu hatte nur noch seinen Vater, seit er die Schule verlassen hatte, trafen sie sich nicht mehr. Sein Vater hatte ihm die Wohnung gekauft, dafür gesorgt, dass Pu einen Studienplatz für BWL bekam und nicht zur Armee musste, er überwies ihm regelmäßig Geld – keine Unsummen, aber auch nicht wenig –, und von Zeit zu Zeit rief er an und fragte, ob es ihm gutginge. Pu ging es immer gut.

„Ich verstehe ihn", sagte Pu resigniert. „Er war Offizier, bei denen galt das als Zeichen, dass man unfähig ist, sich zu verteidigen, wie im Knast, weißt du."

Sonja wusste es nicht.

Pu vermisste seinen Vater sehr, aber mit der Zeit gewöhnte er sich daran. Als er seinen Bachelorabschluss hatte, verkaufte sein Vater die Firma und zog in eine andere Stadt, überwies ihm aber weiterhin Geld, rief jedoch nicht mehr an, um zu fragen, ob es ihm gutginge.

„Er ruft zu deinem Geburtstag an", erinnerte ihn Po.

„Ja", stimmte Pu zu, „und sagt seit vier Jahren dieselben Dinge. Wortwörtlich. Vielleicht hat er sie sich irgendwo notiert."

Sonja stellte sich einen vereinsamten breitschultrigen Ex-Offizier vor, der mit einer gestochenen Handschrift auf einen Fetzen Papier schreibt, was er seinem *homosexuellen* Sohn zum Geburtstag sagen soll. Vielleicht würde er auch ein anderes Wort benutzen.

„Weiß einfach keiner, wie er damit umgehen soll, verstehst du?“, versuchte Po eine Erklärung, die wie eine Rechtfertigung für seine und Pus Verwandte klang.

„Und ihr wisst es?“, fragte Sonja.

„Wir haben keine Wahl“, sagte Po überpathetisch und schaute Pu zärtlich an.

„Genau“, pflichtete ihm Pu bei und erwiderte Pos Blick, in den er all seine Liebe und Fürsorglichkeit legte. Pu arbeitete als Manager und Kassierer an der Tankstelle, Po war Trompeter in der Stadtphilharmonie. Ihre Freizeit verbrachten sie zu zweit, zu Hause. Sie lasen, schauten Filme, spielten Trompete und Klavier, machten die Wohnung gemütlich, redeten, redeten, redeten und stritten sich nie, schauten sich an und konnten sich nie sattsehen. An den Wochenenden sprangen sie mit dem Fernglas in den umliegenden Gärten und Waldstreifen über Stock und Stein, beobachteten Vögel und notierten die Beobachtungen in einem extra Heft, dessen Ledereinband Po selbst angefertigt hatte. Das änderte den Blickwinkel, mit dem man sie betrachtete: Man sah in ihnen zwei Irre, die mit einem Fernglas rumrannten. Weitere Überlegungen wurden nicht angestellt.

Nach dem Frühstück fuhr Sonja zu Tante Halja. Als junge Frau hatte Tante Halja viel getrunken, in einem Varieté getanzt, das den Namen *Kunstensemble Bergbewohnerin* trug, und war mit Sonjas Mutter befreundet gewesen. Tanja Halja wohnte mitten im Stadtzentrum, in einer Altbaumansarde. Die Wohnung hatte einen langen Balkon, der sich vis-à-vis der Kuppeln und Kreuze der griechisch-katholischen Kirche befand. Zu Ostern war ihr Haus von Menschenmassen umzingelt, sie stand dann gern in einem Hausmantel hoch oben über den Leuten mit ihren Osterkörben, kreuzte ihre immer noch starken und schönen Tänzerinnenbeine und rauchte überlegen eine dünne Zigarette. Manchmal baten die Gottesdienstbesucher den Priester, er möge sein Weihwasser nach oben sprengen und das Teufelsweib zum Verschwinden bringen. Wenn der Priester schon ordentlich was intus hatte, ließ er sich bisweilen überreden und sprengte das Wasser nach oben, aber Tante Halja verschwand nie. Sie saß in einem tiefen Sessel, die Beine angezogen, in einem hübschen geblümten Rock und einem schwarzen Nylonhemd mit tiefem Ausschnitt, dunkle Haut, das Haar noch immer schwarz, mit dicken Ringen an den Fingern und langen schweren Silberohrringen, die hin- und herbaumelten. Vielleicht hätten sie Ruslan Likarenko gefallen. Am Beispiel von Tante Halja hatte der Großvater Sonja einmal erklärt, wer die Karaimen sind, und dann, als Sonja groß war, hatte er ihr auch ein paar unangenehme Dinge an Tante Halja erklärt. Die Freundschaft zwischen ihrer Mutter, einer Philologiestudentin mit ihrer ganz eigenen Sicht auf die Dinge, und Tante Halja hatte jedoch die Jahre überdauert, und ehe ihre Mutter ausgereist war, hatte sie Halja gern besucht, sich in ihre tiefen Sessel gesetzt, geraucht, mit ihr Back Gammon gespielt und von früher geredet. So erfuhr Sonja viele Dinge, die man Kindern nicht erzählt, denn sie sollte zwar eigentlich in Tante Haljas Bibliothek sitzen und lesen, schlich aber oft zur angelehnten Balkontür und saß da, unter dem nächtlichen Himmel, zwischen den Kuppeln und Kreuzen, und lauschte den unschicklichen Geschichten und Liebeserinnerungen zweier Frauen, die noch und doch nicht mehr jung waren.

„Er ist nach Polen gegangen", sagte Tante Halja zu Sonja, „vor zehn Jahren schon. Damals, als alle weg sind, erinnerst du dich?"

Sonja erinnerte sich.

„Noch ein anderer war dabei", fuhr sie fort. „Sie wollten nach Portugal, aber in Polen stellte sich dann heraus, dass sie für Portugal ein anderes Visum gebraucht hätten. Vorher nachzudenken war noch nie seine Stärke. ‚Schick mal einen Dummen zum Beten', hat deine Mutter immer gesagt. Und dann sind sie in Polen geblieben, nicht zum Beten natürlich. Haben auf dem Bau gearbeitet, bei Rzeszów irgendwo. Deine Mutter fragst du besser nicht, ich erzähl dir alles, was ich weiß. Sie hat ihn sehr geliebt, und er, er hat einfach zu nichts getaugt, weißt du. Gibt ja solche Leute."

„Stimmt", sagte Sonja und zog sich die Worte „taugt zu nichts" selbst über. „Taugt zu nichts" passte zu ihr wie die Faust aufs Auge.

„Geht's deiner Mutter gut?", fragte Tante Halja.

„Ja", sagte Sonja. „Und Ihnen?"

„Mir auch", sagte Tante Halja. „Mein Vater ist gestorben. Meine Schwester hat gerade sein Haus verkauft – sie ist jetzt in Deutschland, ihr Mann ist Automechaniker, ihre Tochter heißt Renata. Die glorreiche Renusja, studiert Medizin. Kommt mich besuchen, im Juli, wenn sie Ferien hat, dann gehen wir an den Fluss, und sie erzählt mir von Deutschland. Hab ich nicht geschafft dahin. Ich kriege ja keine Rente – mein Business war ja illegal." Tante Halja lachte bitter.

„Und wovon leben Sie?", fragte Sonja.

„Ach, ich brauch nicht viel. Ich hab alles. Meine Schwester schickt mir immer mal was – mal eine Hose, mal einen Rock, mal eine Sportjacke. Was nicht passt, bring ich runter zur Caritas, sind ja gute Sachen. Aber die lassen mich nicht rein, also stehe ich zeitig auf, wenn noch keiner da ist, wickle alles in Papier und lege es vor die Tür. Die Mädchen aus dem Heim laufen dann in den Röcken herum. Manchmal überweist mir meine Schwester auch ein bisschen Geld, mal 200 Euro, mal 500. Früher hat sie alles meinem Vater geschickt, als ich mich um ihn gekümmert habe, aber jetzt ist er nicht mehr, und da schickt sie mir manchmal was. Und die Männer, die, die mich früher besucht haben, kommen auch ab und zu vorbei. Einer bringt Wein, ein anderer Brot, im Herbst auch mal einen Sack Kartoffeln oder Äpfel. Milch bringen sie, Butter. Einer hat mir sogar ein Handy gebracht. Wir sitzen ein bisschen zusammen, reden, und wenn einer länger nicht da war, denke ich immer, er ist tot. Sterben viele jetzt, ist alles nicht mehr das Wahre. Als die Wende kam, als alles zusammengebrochen ist, da waren alle neugierig und wollten sehen, was kommt. Aber hier gibt es nichts zu sehen. Mir geht es gut. Schade, dass meine Schwester das Haus verkauft hat, ich hätte gern draußen vor der Stadt gelebt, so hocke ich hier wie ein Kuckuck. Wenn ich mal die Treppe hinuntergelaufen bin, weiß ich schon nicht mehr, wie ich zurückkommen soll."

„Zum Fluss müssen Sie gehen, in den Wald hinter den Gärten. Dorthin, wo die Brücke war, die letztes Jahr weggespült wurde. Kennen Sie die? Da gibt es eine Wohnanlage im Grünen, Häuser mit Fahrstuhl, gute Verkehrsanbindung, Wachdienst, das wird Ihnen gefallen. Eine Wohnung ist noch frei. Hell, geräumig, 49 Quadratmeter. Die letzte angeblich. Die Leute, die sie verkaufen, sind eigen, aber zuverlässig. Die sind schon seit vielen Jahren auf dem Immobilienmarkt."

„Aber ich habe doch nichts“, sagte Tante Halja und lachte.

„Mit denen kann man sich sicher einigen“, sagte Sonja überzeugend und machte sich ans Verabschieden.

Als sie schon an der Tür waren und Halja sie hinausbegleiten wollte, fragte Sonja: „Wenn ich mich an Ihre Gespräche mit meiner Mutter erinnere, kam da manchmal Ihre Tochter vor. Haben Sie eine?“

„Die haben die Zigeuner geraubt“, sagte Tante Halja im Scherz und lächelte.

„Kalbfleisch und Spinat im Blätterteig, getrocknete Tomaten, Kartoffelpüree mit Kräutern!“, rief Po anstelle von „Guten Abend“. Er stand in der Küche, in schwarzen engen Hosen und einem grauen T-Shirt, darüber trug er eine tadellos sitzende schneeweiße Küchenschürze, perfekt gewaschen und gebügelt. Die Hosen betonten den Hintern, um den ihn sogar Tante Halja in jungen Jahren beneidet hätte, und das T-Shirt umspannte die muskulösen Schultern des Trompeters und seinen wohlgeformten und biegsamen Rücken, der es aber nicht mit dem von Pu aufnehmen konnte.

„Sascha holt seine Unterlagen ab“, sagte Po, als Sonja sich die Schuhe auszog, sie ordentlich aufreihte und in die Küche ging. „Er kündigt.“

„Warum?“, fragte Sonja, aber Po antwortete nicht, blinzelte nur verträumt, wandte sich wieder seinem Salat zu, den er in der Ankündigung vergessen hatte, und mischte ihn mit einem eigens dafür vorgesehenen Salatbesteck.

Als Pu gekommen war und sie zu Abend aßen, tänzelte Po um Sonja herum, trug die Gerichte auf, schenkte Wein nach, als wäre er der Oberkellner, die Hostess oder hätte Hummeln im Hintern.

„Wir haben selten Gäste“, sagte Pu und sah Sonja warm an.

„Dann kann ich also noch ein bisschen bleiben?“, fragte sie.

Pu und Po tauschten Blicke.

„Weißt du“, sagte Pu plötzlich, „wir wollen weggehen. An einen Ort, wo wir besser verstanden werden.“

„Nach Polen“, konkretisierte Po.

„Wir haben auch ein Visum. Ein Studienvisum.“

„Ein einziges?“, fragte Sonja, um auf Nummer sicher zu gehen.

„Zwei“, sagte Po. „Zwei Studienvisa. Für Polen. Keine Schengen-Visa, aber immerhin.“

„Toll“, freute sich Sonja ehrlich, „wollt ihr studieren?“

„Mal sehen“, sagte Pu.

„Wir wollen übermorgen losfahren“, sagte Po. „Solange die Alte nicht weiß, dass wir Visa haben. Du weißt doch, wie es ist.“

Sonja wusste es.

„Und überhaupt, wichtige Dinge muss man schnell und spontan erledigen.“

„Das stimmt“, sagte Sonja. Sie hatte auch ein Visum, sogar ein Schengen-Visum, und es gab einige wichtige Dinge, die sie, wenn sie Nastja glaubte, schnell erledigen sollte, besser noch sofort. „Ich muss auch nach Polen. Ich bringe euch hin.“

Das große Bett von Pu und Po war gemütlich wie ein stiller Meerbusen. Es kam für Pu und Po nicht in Frage, dass Sonja auf dem kleinen Sofa im Wohnzimmer schlafen wollte – für Gäste war kein Platz vorgesehen. Den ganzen Abend über hatten die drei auf dem Balkon gestanden, sich über die Brüstung geneigt und in Erinnerungen an die Schulzeit geschwelgt. Es gab wenig Gemeinsames, darum sprachen sie vor allem über die Stadt, wie sie gewesen war und wie sie sich verändert hatte. Zwischen den spitzen Dachgiebeln wuchsen mehrstöckige Büroklötze in die Höhe, die Lagune des alten Zentrums war von Schlafbezirken umgeben, dort brannte das meiste Licht, alle waren noch wach. Im Dunkeln standen der Park, das Stadion mit seinen leeren Tribünen, das frühe Echo der Armeeeinheit. Der Stadtsee zitterte unter den Spiegelungen der Uferfeuer. Die künstliche Insel im See hatte die Form eines Schiffs. Noch aus der Schulzeit wussten Pu, Po und Sonja, dass es der beliebteste Platz für Schulschwänzer war.

Von der Insel aus war das entfernteste Ende des Sees zu sehen – Wochenendhäuser, die vormalige Rettungsstation und alte Holzboote, die im Sand lagen wie tote Fische. In der Rettungsstation lebte ein Stummer mit einem kleinen plumpen Hund, manchmal fuhren sie mit einem Boot auf den See hinaus und der Stumme schlief bei ausgeworfener Angel ein, der Hund war nervös, wackelte mit den Ohren, jaulte leise und versuchte den Wind zu wittern, der über dem See doch nie wehte. Wenn der Stumme je jemanden gerettet hatte, dann höchstens die Seelen von ein paar Datschenbesitzern, die aus Verzweiflung und im Suff, weil sie am Morgen auf ihrem Grundstück entdeckt hatten, dass die Erdbeeren gestohlen, die Kartoffeln gerodet, der Mohn geschnitten waren und der Staat, der ihnen die Datschen zugewiesen hatte, demontiert und verarmt war, zum Baden an den Fluss gegangen waren und dort das Unweigerliche eingetreten war.

Pu und Po wohnten auf einem Hügel, die Stadt lag unter ihnen, dunkel, schläfrig, schutzlos, den aufragenden Hügeln setzte sie Neubauten und Kirchenkreuze, ein einsames Minarett einer unlängst errichteten Moschee, Pappeln auf erleuchteten Plätzen, einen Fernsehturm und ein ausgedientes Riesenrad in einem Park entgegen.

Westlich der Hügel vor der Stadt begann bereits das richtige Gebirge. Genauso wie Sonja war Po mit seiner Familie im Herbst immer zum Hagebuttensammeln in die Berge gefahren, die Großmutter hatte die ganze Fahrt über gebetet, und während die Kinder sich im engen Auto balgten und schubsten, hatte die Mutter dauernd an ihnen herumgewischt, sie geküsst und gemaßregelt, der Vater hatte das Auto routiniert an den Schlaglöchern vorbeimanövriert. Die Hagebutten hatten sie nicht etwa zu Hause getrocknet, sondern an der Kräutersammelstelle in der Apotheke Nummer zwei abgeliefert. Genauso wie Sonja hatte auch Pu den Zoo besucht, die Ausflüge waren ihm als Schweigeexerzitien in Erinnerung geblieben, sein Vater mochte es nicht, wenn im Auto gesprochen wurde.

Als sie schon im Bett lagen, redeten sie immer noch über die Straßen, die Höfe und die gemeinsamen Bekannten, die es zwar eigentlich nicht gab, die aber trotzdem besprochen wurden. Sie redeten über die Lehrer, die Frisösen, die Eisverkäuferinnen, über die Musiktheorielehrer und die älteren Brüder von irgendwem, über die Serienmörder und korrupten Ärzte. Sonja lag zwischen Po und Pu und war hundemüde. Pu und Po rochen so angenehm nach Dusche, Heim und junger Haut, dass Sonja große Lust hatte, sie zu berühren, aber nicht wusste, ob sich das gehörte. Ihr Herz riss, weil sie womöglich gar nicht wegzufahren brauchte. Da waren diese wunderbare Sommernacht, das große Bett, die warmen Pu und Po, die Likarenkos, die alles beschaffen konnten, und all die anderen Leute, die sie kannte, liebte, fürchtete, all die schüchternen ersten Liebhaber und Schulfreundinnen, die sich im Unterricht flüsternd über die Geheimnisse des männlichen Körpers aufklärten, obwohl es sich eher um Hirngespinste als um Geheimnisse handelte, und schließlich lag auch Großvater hier begraben und seine Garage stand noch, hatte sogar Strom. Hier hatte Sonja früher genau gewusst, was und warum sie etwas tat und dass es ihr damit gutgehen würde. Jetzt hatte sie vollkommen vergessen, was ihr fehlte, warum sie hergekommen war und was sie suchte. Im Grunde lebte sie gern, und eigentlich brauchte sie nicht tiefer darüber nachzudenken. Bislang jedenfalls nicht.

Sie umarmte Pu und Po und schmiegte ihr Gesicht an eine Brust. Jemand strich ihr zärtlich über den Rücken, eine Hand wühlte sich in ihre seidigen Haare, Sonja rieb ihr Bein an einem kräftigen Bein.

„Habt ihr aber viele Arme und Beine", sagte Sonja. Pu lächelte, Po lachte.

„Als Kind habe ich immer mit meinen Schwestern zusammen geschlafen", erzählte Po. „Das waren wirklich viele Arme und Beine. Du bist klein und weich wie sie, du fasst dich schön an, am liebsten möchte man hineinbeißen."

„Nicht beißen", sagte Pu. „Schlaf, Sonja."

Pu rückte näher und umarmte Sonja fest, als wollte er ihr Herz festhalten, drücken, damit es nicht riss. Po rutschte von der anderen Seite heran und gab ihr einen Freundschaftskuss auf die Schulter. Manchmal hatte sie Louis im Schlaf so geküsst. Sonja erinnerte sich an ihn und daran, wie schön es war, mit jemandem einzuschlafen, sich in den Umarmungen zu verheddern, fremdes Haar im Mund zu haben, und zum ersten Mal, seit Louis weg war, seit er den Zettel und viel Leere in Sonjas Wohnung zurückgelassen hatte, musste sie weinen. Po schlief und kitzelte Sonjas Hals mit seinem Atem.

„Was ist?“, fragte Pu leise. Sie schauten sich an, fast berührten sich ihre Lippen, Sonja atmete die Luft, die er gerade mit seinem Flüstern zum Schwingen gebracht hatte.

„Ich hätte keinen Wein trinken sollen“, sagte Sonja leise. „Ich darf vielleicht gar nichts trinken. Ich bin nämlich schwanger. Aber sag's niemandem.“

„Versprochen“, flüsterte Pu. „Wird schon alles. Glaub mir.“

Sonja küsste ihn, eher dankbar als leidenschaftlich. Pu küsste zurück, sie küssten sich lange, es war so eine Art Gespräch, ein persönliches, langsames Gespräch über etwas Schönes. Sonja hörte auf zu weinen und schlief ein, sie küsste weiter. Jetzt war wirklich alles gut.

„Aber sag Zhenja nichts“, bat Pu leise, und sie mussten lachen.

Es sah nicht so aus, als ob Pu und Po wegfahren und nie mehr zurückkommen würden. Es sah überhaupt nicht so aus, als ob sie wegfahren würden. Eher so, als träfen sie Vorbereitungen für eine lange Party und nicht für eine Reise ins Ungewisse. Pu betrachtete wehmütig seine Bücher und sein Klavier, die Sakkos und Hemden auf den Bügeln, die nicht alle in ihren kleinen stilvollen Koffern Platz gefunden hatten, die Schachteln mit dem Christbaumschmuck, das Fernglas und seine Ordner mit den alten Landkarten. Po tänzelte, quasselte in einem fort und schwankte, ob er die Tulpen wegwerfen sollte – schließlich waren sie noch ganz frisch. Es roch nach Essen, Parfüm, Kaffee, Rasierschaum und Schuhcreme. Sonja stellte sich vor, wie Po und Pu die Wohnung abschließen und abfahren würden, die Düfte aber zurückblieben und Pu und Po um eine bestimmte Zeit überlebten. Am nächsten Morgen gingen die beiden zur Bank und verteilten ihr Geld auf verschiedene Konten, auf die sie im Ausland mit Karten schnell Zugriff haben würden. Sonja fuhr zu ihrem Großvater. Der lag, wo er immer gelegen hatte, unter einem soliden schwarzen Grabstein, der für Sonja nicht zum Großvater passte. Sie suchte die langen Grabreihen auf dem Friedhof ab, fand das Grab, schaute sich um und machte sich auf den Rückweg. Ein bisschen dachte sie an die Frau, die wusste, wie man sinnvoll und lustig seine Zeit mit denen verbringen konnte, die gestorben waren.

Zum Abendessen gab es schwarzen Reis mit Gemüse. Keiner hatte bemerkt, wann Po gekocht hatte.

„Wo fahrt ihr hin?“, fragte Sonja.

„Nach Krakau“, antwortete Po bestimmt.

„Nach Warschau“, antwortete Pu genauso bestimmt.

„Aber an der Grenze sagen wir doch, dass wir nach Krakau wollen“, beharrte Po. „Krakau ist näher und alle fahren dorthin zum Studium.“

„Aber ihr habt doch gar keine Immatrikulationsdokumente, gar keine Studienverträge. Das könnte Probleme geben.“

„Ach was, das glaube ich nicht“, sagte Po verärgert. Pu schaute ihn zweifelnd an.

„Wir können jetzt nicht lange nachdenken, planen, abwägen, verstehst du?“, erklärte Po gedehnt. „Wir fahren einfach los, und irgendwas wird sich schon ergeben.“

„Und wenn“, fragte Sonja zögerlich, „und wenn sie nur einen von euch reinlassen?“

Pu senkte den Blick. Offenbar hatte er darüber auch schon nachgedacht.

„Hört auf zu unken“, sagte Po, stand auf, warf die Gabel auf den Teller, sammelte die paar Reiskörner ein, die er auf dem Tisch verstreut hatte, und ging ins Nachbarzimmer, um verärgert Sachen umzustellen.

Sonja schwieg.

„Weißt du“, sagte Pu leise, „mir geht es hier eigentlich ganz gut. Ich habe keine großen Ansprüche, das meiste, was ich brauche, habe ich. Aber Zhenja ist in einer großen Familie aufgewachsen. Er vermisst die Feiern, den Trubel, die Gemeinschaft, das kann ich ihm schon so viele Jahre nicht bieten. Visa hin oder her, wir bleiben zusammen, das ist das Wichtigste.“

Sonja riss das Herz, weil jemand über einen anderen so sprach und nicht über sie, und zum ersten Mal verstand sie „Einsamkeit“ nicht einfach nur als Wort, sondern als den Umstand, dass es niemanden gab, für den es das Wichtigste war, mit ihr zusammenzubleiben. Sonja war also bislang noch nie einsam gewesen.

Pu räumte den Tisch ab, Sonja trat auf den Balkon hinaus und sah zu, wie die Dunkelheit von den Bergen kommend die Stadt überzog. Po war lautlos hinter sie getreten.

„Ich wollte dich um etwas bitten, Sonja ...“ Er machte eine Pause, eher absichtlich, um seiner Aussage Nachdruck zu verleihen. „Wir wissen ja nun nicht, was auf uns zukommt, an der Grenze und überhaupt. Vielleicht lassen sie wirklich nur einen von uns durch. Wir finden natürlich eine Lösung, aber der Anfang wird sicher schwer – schließlich waren wir noch nie getrennt. Wir würden heute Nacht gern zu zweit sein. Du hast doch jemanden, wo du übernachten kannst, oder?“

„Ja, klar“, sagte Sonja ehrlich.

Wo soll ich hin?, überlegte sie und dachte wehmütig an ihr Wohnzimmer und ihre Küche, an Eteri, Nastja und Katja.

Pu hantierte noch in der Küche, Sonja nahm ihre Sommerjacke vom Haken und ging.

Im Wald hinter dem Fluss war es dunkel und leer wie in jedem Wald. Sonja dachte sogar, sie hätte die Stelle verfehlt, aber die Neungeschosser standen an ihrem Platz. Sonst gab es nichts – kein Licht, keine Geräusche, keine Gerüche, keine Hunde, keine Kinder, keine Autos, nicht einmal das Karussell. Dann haben sie also die letzte Wohnung verkauft, dachte Sonja und kroch auf die Rückbank. Dieses Mal fand sie den Wald überhaupt nicht unheimlich, als würde das Wissen darum, dass außer den Bäumen, ersten Pilze und nächtlichen Gärten niemand hier war, ihr Ruhe und Sicherheit geben, ja, sie in den Schlaf wiegen. Sonja träumte von einer rauen, grauen Menschentaube mit Bart, die eindringlich lachte und gurrte und Sonja auf vielerlei Weise bedeutete, dass sich bald alles einrenkte.

Die Sonne schien durch das junge Laub, heizte das Auto auf und weckte Sonja. Sie schaute auf die leeren Neungeschosser und den gelblichen Himmel und versuchte in sich hineinzuhören. In ihr drin lebte jemand. Zwar war dieser Jemand klein, aber ganz eigenständig, er trank von ihr und nahm über ihr Blut alles auf, was sie dachte. Das fand Sonja ein bisschen beunruhigend. Würde er Sonja lieben? Vielleicht. Alle liebten Sonja und freuten sich über sie. Würde Sonja ihn lieben? Das wusste sie nicht, darum dachte sie lieber wieder daran, dass alle sie liebten. Sogar Louis hatte sie geliebt, wer weiß, was da passiert war, was sich in seinem Kopf abgespielt hatte. Er war zwar weg, aber vielleicht hatte er gute Gründe. Und wenn Sonja ihren Vater fand, so dachte sie, würde der sie auch lieben, genauso wie Sonja ihn. Vielleicht hatte er jetzt eine große, turbulente Familie: zwei oder drei Kinder, ungestüme, fröhliche Teenager und eine schmucke, ausgeglichene Polin als Frau, die Sonja auch liebgewinnen würde. Dort, in dem ruhigen Vororthaus, das ihr Vater – selbstverständlich mit eigenen Händen – gebaut hatte, würde Sonja ein helles Zimmer beziehen, sie würde früh aufstehen und barfuß zum Fenster laufen, langsam die Luft einsaugen und ihre Hände auf den großen Bauch legen – und was sich da, in ihrem Bauch, abspielte, wäre ihr dann schon ein wenig vertrauter. Sonja würde natürlich sehr hübsch aussehen mit ihrem Bauch – ebenmäßig und ausgeglichen. So würde sie sich auch malen, und ihr Vater würde sich das Bild im Wohnzimmer aufhängen. Katja und Eteri würden bei ihr Station machen, wenn sie auf ihrem Weg weiter nach Westen Polen durchquerten, Nastja würde ihnen was Hübsches fürs Baby mitgeben und ein paar Babygläschen, in denen Sonja aus allem, was die Frau ihres Vaters angepflanzt hatte oder was im nahegelegenen Wald wuchs, Marmelade kochen würde. Pu und Po würden an den Wochenenden zu Besuch kommen, da sich im Garten hinterm Haus die schönsten Vögel niederließen, reale und eingebildete. Dann käme auch ihre Mutter, und alle träumten etwas Schönes, das ihre Mutter anschließend deutete. Und wenn es Sonja so vorkäme, als wäre alles perfekt und als könnten das Glück, die Ruhe und das innere Gleichgewicht nicht größer sein, würde ein Kleinbus vor dem Tor halten, aus dem ein großgewachsener, lächelnder, blinzelnder Louis mit seiner Schwester und seiner schon älteren, aber dennoch geistig regen und unternehmungsfreudigen Mutter ausstieg. Vielleicht hätte sie sogar einen Molotowcocktail dabei. Sonja kniff die Augen zusammen und sah sie alle vor sich: Eteri, Katja und selbst Nastja,

Pu und Po, ihre Mutter, ihren Vater mit seiner Familie und Louis mit seiner Truppe. Bei Tisch, auf einer großen Terrasse, an einem sonnigen Morgen, eine kleine heile Welt, wie aus einer Ketchup-Reklame. Aus einer schlechten Reklame für billigen Ketchup.

Sollte sie sich zuerst des Kindes entledigen und dann zurückfahren oder umgekehrt? Und zuvor noch Pu und Po erklären, dass es niemanden etwas anging, wen sie fickten, und dass sie sich nur deswegen zu Hause einigelten und mit niemandem Kontakt hatten, weil sie glaubten, alle hätten etwas gegen Schwule, wo es doch eher so war, dass die Leute nichts direkt gegen Schwule hatten, sondern dass sie wie überall auf der Welt einfach jeden ablehnten, sogar Sonja. Und Tante Halja sagen, dass Zigeuner keine Kinder stahlen. Und den Zigeunern, dass sie allen, von den Lehrern bis zur Gebietsverwaltung, pausenlos Scherereien machten. Und Louis erklären, dass es in seinem schönen Leben, das sich Sonja erträumt hatte, keine süße Sonja mehr geben würde, dass er es sich also überlegen sollte, solange noch Zeit war. Und die Frau an der Ausfallstraße aufklären, dass ein Toter tot war, egal wie man das bezeichnete – er war tot und konnte sie nicht mehr hören und auch die Krähen nicht sehen, die auf die Grabsteine schissen, und keinen Schnaps aus Plastikgläsern mehr trinken. Und dem Großvater erklären, auch wenn er sie nicht hören konnte, weil er tot war, dass er nichts zuwege gebracht hatte, dass er einfach von hier, wo es kompliziert war, abgehauen war, an einen Ort, wo keine Entscheidungen mehr zu treffen waren, und dass es, sollte der Großvater seine Ansichten inzwischen geändert haben, sogar jemanden gab, der alles für ihn entscheiden konnte, und sie, Sonja, wusste, dass das nicht der richtige Weg war, weil sie es selbst ständig so machte. Und denjenigen, die die billigen Werbeclips für Ketchup drehten, erklären, dass alles gelogen war.

Das gefiel Sonja auch nicht. Ihr gefielen der schweigende Wald, die leeren, stillen Neungeschosser, die Sonne, die sie verwöhnte, und der Geruch des alten Autos. Sonja fühlte sich einsam, verwirrt und verunsichert. Zugleich ging es ihr ausgezeichnet.

„Ich bin im Wald", schrieb sie Eteri, „ich bleibe hier und werde nichts unternehmen."

„Denke an die wichtigen Dinge! Google mal, wie man im Wald ein Kind zur Welt bringt, solange du Internet hast", antwortete Eteri.

„Ich war bei Tante Halja", sagte Sonja zu Pu, als sie zurückkam, fügte aber gleich hinzu: „Im Wald. Tante Halja war aber nicht dort."

„Ist mit dir alles in Ordnung?", fragte Pu alarmiert.

„Ja. Und bei euch?"

„Nein", sagte Pu. „Bei uns ist nichts in Ordnung."

Po hatte sich im Bad eingeschlossen. Seine Oma daneben auf der Toilette.

„Was machst du da drin, Zhenja?", fragte Pu immer wieder, den Tränen nahe. Po schwieg. Nicht einmal das Wasser lief.

„Du verdammter Knabenschänder", schrie die Alte aus dem Klo. „Der Zorn Gottes wird dich treffen!"

„Sprichst sie von Po?", fragte Sonja.

„Nein, von mir", antwortete Pu.

Die Alte hörte Sonjas Stimme und regte sich ab. Sie öffnete die Tür und spähte mit einem hellen, ältlichen Auge durch den Spalt. Vor sich hielt sie ein Kreuz.

„Guten Tag", sagte Sonja.

Die Oma auf dem dunklen Klo sah aus wie ein verdrossener Hausgeist.

„Kann ich Sie mal sprechen?", fragte Pu verzweifelt.

„Du verdammter Knabenschänder", schrie die Frau und schloss die Tür.

Po setzte sich auf den Boden und vergrub das Gesicht in den Händen.

„Sie ist heute früh hier reingeplatzt und hat mit dem Kreuz auf mich eingeprügelt. Ich verdammter Knabenschänder hätte Zhenja verhext, hat sie gesagt. Wir haben noch geschlafen. Du hattest die Tür nicht zugemacht. Zhenja ist erschrocken aus dem Bett gesprungen."

„Nackt?"

„Ja. Die Alte ist weggetreten. So schlimm, dass ich dachte, die läuft gleich blau an. Vielleicht ist sie auch immer so bläulich. Ich kenne ja seine Familie nicht. Und wie ich sie anhebe, um sie aufs Bett zu legen, fängt sie plötzlich an, mich zu würgen, und fuchtelt die ganze Zeit mit dem Kreuz rum."

„Aha." Sonja setzte sich neben Pu. Die Oma in der Toilette schnaufte beleidigt, im Badezimmer bei Po war es still.

„Ich hab ihr einen Klaps gegeben. Musste ich, Sonja. Damit sie wieder zu sich kommt."

„Und? Ist sie zu sich gekommen?"

„Du Strafe Gottes", brachte sich die Oma aus dem Klo in Erinnerung.

„Jetzt hören Sie mir mal zu", schrie Pu. „Ich lebe schon seit sieben Jahren mit ihrer Gottesstrafe. Ich liebe Zhenja! Und Zhenja liebt mich! Gott hat den Menschen schließlich den Auftrag gegeben, sich zu lieben. Und genau das machen wir. Wir zwei lieben uns und nicht alle auf der Welt, im Hinblick auf die sozialen Normen ist das auch wesentlich angenehmer. Warum liebt uns dann niemand? Sonja, was soll denn nun werden? Ich habe doch nichts Schlimmes getan!"

„Wie konntest du sie nur schlagen?“ In Pos kraftloser Stimme lag so viel Verzweiflung, dass Sonja dachte: Genau, wie konnte er sie nur schlagen?

Pu sank in sich zusammen, als würde er auf Bohnengröße zusammenschrumpfen.

„Zhenja, mein Lieber“, rief die Oma aus der Toilette. „Was willst du denn mit diesem Perversen? Hast du das schöne Mädchen gesehen? Schlank, grazil. Ihr gründet eine Familie. Wie dein Vater und deine Mutter. Sie wird dir Töchter schenken. Wie Chrystyna und Olesja. Du magst doch Chrystyna und Olesja? Und einen Sohn. So einen wie dich.“

„Und der wird dann schwul“, sagte Pu böse, „hörst du mich, Po?“

„Du sollst die Krätze kriegen“, legte die Oma nach. „Der Zorn Gottes soll dich treffen!“

„Po, entweder wir fahren oder ...“

„Nur über meine Leiche!“, schrie die Oma vom Klo. „Hast du gehört, Zhenja! Nur über meine Leiche!“

Sonja stellte sich die Leiche der Alten vor und wie sie alle drei darüber hinwegstiegen und mit Koffern und den letzten Mülltüten die Wohnung verließen.

„So kann ich nicht“, sagte Po dumpf.

„Zhenja, kein Problem. Ich hab's mir sowieso anders überlegt. Ich fahre nicht nach Polen“, sagte Sonja.

„Was soll das heißen? Anders überlegt?“, fragte Po aus dem Badezimmer mit einer ganz normalen Stimme.

„Dann ..., dann ..., dann lass den Perversen doch fahren, meinetwegen kann er das ganze Leben lang fahren, ohne irgendwo anzukommen, und du, Zhenja, tust dich mit dem Mädchen zusammen. Wie heißt du eigentlich, mein Kind?“

„Warum anders überlegt?“, wollte Po wissen.

„Einfach so“, sagte Sonja. Lautlos ging die Badtür auf und Po trat langsam in den Korridor. Zerzaust, in ein Handtuch gewickelt, mit tränennassen Augen, verschlafen. Er sah aus wie ein Märtyrer, eine Verkörperung von ermüdendem Morgensex. Pu und er tauschten lange vielsagende Blicke.

„Hallo?“, mischte sich die Oma wieder ein. Noch immer schaute Po Pu an, dann legte er seinen Finger an die Lippen und lief auf Zehenspitzen ins Zimmer.

„Was ist?“, wandte sich Sonja an die Frau.

„Du weißt doch, wie er ist, mein Zhenja. Zart. Ein Musiker eben. Er trinkt nicht, er lebt solide.“ Hier stutzte die Alte, aber nur kurz. Der solide Zhenja schaute fertig angezogen aus dem Wohnzimmer und übergab Pu lautlos seinen Koffer und die Pässe. „Wir sind eine nette Familie“, sagte die Alte.

„Und haben Sie Kohle?“, fragte Sonja.

„Was hast du gesagt, Mädchen?“, wollte die Oma wissen. Flink nahm Pu die beiden Koffer, Po, der sich lautlos bewegte, nahm den Müllbeutel, seine Jacke und Sonjas Tasche.

„Ob Sie Kohle haben, will ich wissen“, sagte Sonja. „Oder wenigstens eine Wohnung.“

„Ihr könnt doch hier wohnen!“ Die Oma ließ sich nicht beirren. Po zog die Wohnungsschlüssel aus der Tasche und hängte sie leise an die Klinke der Toilettentür. Pu und Po verließen die Wohnung, Po zog Sonja hinter sich her.

„In der Wohnung von einem Perversen?“, fragte Sonja. „Da folgt die Strafe Gottes auf dem Fuß. Hab ich das nötig? Überlegen Sie mal.“

Die federleichte Sonja schwebte aus der Wohnung und zog die Tür hinter sich zu. Die Oma rief ihnen aus der Toilette nachdenklich hinterher, womöglich erzählte sie, wie man die Strafe Gottes von einem ehrenwerten heterosexuellen Heim fernhielt, aber die Worte waren nicht mehr wahrzunehmen. Eine Treppe tiefer war nicht einmal mehr ihre gealterte, pochende Stimme zu hören.

„Ich hab's doch gewusst, dass sie mich nicht einfach so fahren lässt", sagte Po weinerlich, während sie durch die Stadt fuhren. Einfahrten und Höfe, Plätze, Zäune und Straßen, die sie womöglich für immer verließen. Pu schwieg.

„Du hast dich wacker geschlagen", sagte Sonja ehrlich.

„Ich habe alles geklärt", stimmte Po zu. „Aber das ist so schrecklich."

„Wenn du das Licht im Bad angeschaltet hättest, wäre es nicht so schrecklich gewesen", sagte Sonja. Po schwieg.

„Warum wollt ihr eigentlich weg?", fragte Sonja. „Ich hab's immer noch nicht kapiert. Ihr hättet doch auch einfach in eine andere Stadt umziehen können. Alles auf der Welt ist anders, als es euch scheint. Niemand hasst Schwule, viele Menschen verteidigen sie, kämpfen für ihre Rechte und wünschen sich, dass sie stabile, gesunde Familien haben, hübsche Kinder und eigene Bürgerinitiativen. Aber das ist nicht der Punkt. Die meisten Leute haben so viele Unannehmlichkeiten oder Annehmlichkeiten, dass ihnen die Homos am Arsch vorbeigehen. Also ihr sozusagen. Genauso wie die Heteros. Also ich zum Beispiel. Denen geht überhaupt alles am Arsch vorbei. Wenn ihr euch irgendwo anders niederlassen würdet und nicht hier, wo jeder eure Geschichte kennt, würde gar keiner mitkriegen, dass ihr keine Brüder seid."

Pu schaute fragend in den Rückspiegel, um mit Po einen Blick zu tauschen, aber Po sah verbissen aus dem Fenster.

„Wir haben schon die Visa", sagte er schließlich.

„Na und?", fragte Sonja.

Po wurde missmutig und biss sich auf die Lippe. Gern hätte er etwas erwidert, wusste aber nichts zu sagen.

„Wart ihr eigentlich schon in der Schule zusammen?", wollte Sonja wissen.

„Ja", sagte Po. „Sascha ist meine erste Liebe."

„Und wie ist es bei dir?", fragte Sonja Pu.

Pu schwieg.

„Sascha war so geheimnisvoll. Ich habe so lange von ihm geträumt. Mutig und zuverlässig, stark, zärtlich und wortkarg, so kam er mir vor. Von so jemandem wollte ich geliebt und beschützt werden."

„Wovor?", fragte Sonja interessiert, denn wie Po seine Hand vom Lenkrad nahm und sie auf die Brust legte, sah er überhaupt nicht schutzbedürftig aus.

„Vor allem Möglichen", sagte Po. „Ich war auf der Insel. Hab geschwänzt. Der Sommer fing gerade an, ich lag im Gras, beobachtete die Schiffe und das entfernte Ufer. Die Sonne, der Geruch des Wassers, die Einsamkeit haben in mir plötzlich Zärtlichkeit und ein riesiges Verlangen geweckt. Ich habe mir vorgestellt, wie mich jemand mit starken, fordernden Berührungen streichelt, kitzelt, beißt, liebkost. Es kam mir vor, als würde ich zerreißen unter diesem Sommer, unter der Welt, unter den Träumen und der Liebe, die in mir keimte und pulsierte. Ich musste unbedingt jemanden lieben. Sofort. In ebendiesem Moment."

„Du warst mit Ira auf der Insel", mischte sich Pu ein. „Und sie hatte kein T-Shirt an. Sie hat mich gesehen und ist weggelaufen."

„Und da ist es dann passiert", beendete Po irgendwie zerknirscht seinen Bericht. „Danach haben wir uns nie mehr getrennt. Ich wollte Liebe und habe mich für Sascha entschieden, und jetzt werde ich ihn immer lieben und er mich auch."

„Wie geht das denn, jemanden für immer lieben?", fragte Sonja.

„Das ist wunderbar", antwortete Po und duldete keinen Widerspruch.

Es war schon Nacht, als sie an der Grenze ankamen. LKW reihte sich an LKW. Männer, Männer und Frauen und ganze Familie thronten hoch oben in den einfachen Kabinen, wo sie schliefen, aßen, fernsahen oder telefonierten, Fuhrleute in schweren Trucks mit quietschenden Federn und riesigen, verschlissenen Rädern. Am Straßenrand stand ein rostiges, ulkiges Karussell.

„Da wollten welche Schrott schmuggeln", sagte der Grenzer, der die PKW-Schlange ablief und Sonjas Blick bemerkte. „Wecken Sie bitte Ihre Freunde, halten Sie Ihre Dokumente bereit. Haben Sie ein Visum?"

„Ja, haben wir", sagte Sonja.

„Eins?" Der Grenzer lächelte, zwinkerte Sonja zu und setzte seinen Gang entlang der PKW-Kolonne fort.

Bei der Ausreise wurde das Auto nicht groß kontrolliert, im Land gab's sowieso nichts, was eine Ausfuhr gelohnt hätte. Die Grenzer überprüften nicht einmal die Nummern auf dem Motor und an der Karosserie – um die alte Kiste war es nicht schade, selbst wenn etwas passieren sollte. Sonja, Pu und Po bekamen ihre Stempel und rollten langsam in Richtung polnische Grenze durch den neutralen Streifen, der asphaltiert und tatsächlich ganz neutral war und ein bisschen einer Startbahn ähnelte. An der polnischen Kontrollstation war fast niemand – als hätten sich die Autos aus der langen Schlange auf der ukrainischen

Seite auf dem asphaltierten Streifen aufgelöst und wären für immer in der neutralen nächtlichen Luft verschwunden. In der einsamen Bude brannte Licht, zwei Uniformierte traten an das Auto heran und leuchteten mit Taschenlampen in den Innenraum, den Kofferraum und unter die Motorhaube. Sonja, Pu und Po warteten vor dem Schalter.

„Wer ist der Fahrer?“, fragte einer der Grenzbeamten.

„Ich“, antwortete Sonja.

„Sie lieben wohl Retro und Probleme“, sagte der Grenzbeamte heiter.

Wenn man wollte, konnte man mit dem Auto alles Mögliche transportieren, die Leiche von Pos Oma zum Beispiel, so viele finstere Ecken, Winkel und Fächer hatte Sonjas Auto, von denen die polnischen Grenzer nichts wussten.

„Habt ihr Essen dabei?“, fragte ein Grenzbeamter.

„Haben Sie Hunger?“, wollte Sonja wissen.

„Essen ist im Moment nicht erlaubt“, sagte er müde. „Hygienevorschriften.“

„Sie dürfen nichts essen?“, Sonja war wieder ahnungslos.

„Nein, Sie, Sie dürfen kein Essen einführen. Und Saatgut?“

„Wir haben kein Saatgut. Und Essen auch nicht.“

„Okay“, sagte der Grenzbeamte und kehrte in seine Bude zurück, der zweite schlenderte in Richtung Ukraine, auf dem neutralen Streifen kam ihm langsam wie ein betäubter Elefant ein großer LKW entgegen.

„Ihre Pässe, bitte.“ Sonja gab ihm ihren Pass. „Ein französisches Schengen-Visum? Mit welchem Ziel reisen Sie?“

„Tourismus“, sagte Sonja, korrigierte sich aber sofort. „Stammbaumforschungen.“

„Völkerkundlicher Art?“, fragte der Grenzer zurück.

„So könnte man es auch bezeichnen.“

„Mit diesem Visum ist im Schengen-Raum eine bezahlte wissenschaftliche Tätigkeit nicht erlaubt“, warnte sie der Grenzer.

„In meinem Heimatland auch nicht“, sagte Sonja. „Weder mit Visum noch ohne, einfach gar nicht.“

Der Grenzer begriff nichts von der hoffnungslosen Situation, stempelte den Pass ab und gab ihn Sonja zurück. Pu und Po schoben ihre Pässe durch das Fenster. Der Beamte studierte sie ausgiebig.

„Und wo wollen Sie studieren?“

„In Krakau“, sagte Po. „An einer privaten Universität.“

„Ökonomie“, sagte Pu.

„Haben Sie eine Einladung?“

Pu und Po schwiegen.

„Eine Vertragskopie?“

„Wir bekommen alles erst vor Ort.“

„Für das Visum hätten Sie eine Vereinbarung und einen Vertrag im Konsulat vorlegen müssen.“

„Die Unterlagen sind dort geblieben“, sagte Pu, der sich gefasst hatte.

„Und was bekommen Sie dann vor Ort?“, bohrte der Grenzbeamte weiter.

„Einen Wirtschaftsabschluss“, sagte Pu. „Also, nicht sofort natürlich. Nach einer gewissen Zeit.“

Der Grenzbeamte legte den Stempel beiseite und schaute Pu und Po durchdringend an.

„Wollen Sie gemeinsam studieren?“, fragte er.

„Wir machen alles gemeinsam“, sagte Po triumphierend.

„Sie sind schwul“, warf Sonja ein. Pu und Po schauten dem Grenzbeamten herausfordernd in die Augen, Po ins rechte, Pu ins linke.

„Schwule Brüder?“, fragte der Grenzbeamte vorsichtshalber zurück.

„Wie können sie denn Brüder sein?“, sagte Sonja, „sie haben doch verschiedene Familiennamen.“

Der Grenzbeamte fühlte sich offenbar verunsichert, einerseits gefiel ihm das Visum dieser Schwulen überhaupt nicht, andererseits war er ganz allein, er hatte zwar eine Waffe, aber bei Schwulen konnte man nie wissen.

„Die Schwulen stehen in unserem Land ziemlich alleine da“, sagte Sonja.

„Wieso denn alleine? Sie sind doch zu zweit“, wunderte sich der Grenzer.

„Manchmal fühlen sich Leute nicht komfortabel“, sagte Sonja. „Das kommt vor.“

„Dass jemand allein ist?“, fragte der Grenzbeamte.

„Dass jemand schwul ist“, sagte Sonja. Die Nacht war still, irgendwo weiter weg kroch der Strahl der Taschenlampe über die LKW-Flanken, blitzte auf und verschwand wieder.

Der Grenzbeamte gähnte und dachte an die katholischen Pfadfinderlager für Jungen, Frühsommer wie jetzt, die Beskiden, Taschenlampen unter den Decken, biegsame, schnelle Körper, feuchte Lippen, eingeschränkt in der Auswahl, gierig in ihrer Suche nach Berührung.

„Alleinsein ist nicht gut“, sagte Sonja.

Der Grenzbeamte drückte den Stempel in Pus Pass, ein scharfer Ton durchschnitt die Nacht, als flatterte ein einsamer Vogel aus dem Gras auf. Der Grenzer schob Po den Pass hin, dieser nahm ihn aber nicht. Da lächelte der Grenzer und stempelte auch Pos Pass ab.

Po war der erste, der einschlief. Die Straße hinter der Grenze war so glatt, dass man alle Fragen dieser Welt, auf die es keine Antwort gab, allen Kummer und Betrug am liebsten vergessen, die Augen geschlossen und daran geglaubt hätte, dass das Leben von nun an genauso glatt und angenehm laufen würde.

„Wie geht es dir?", fragte Pu, der Sonjas Blick in den Rückspiegel bemerkt hatte.

„Hast du es nicht vergessen?"

„Nein. Ist er etwa Pole?"

„Wie soll ich das herausfinden?" Sonja wurde munter. „Kann man das im Ultraschall sehen?"

„Ob der Vater Pole ist?", sagte Pu und lächelte. „Warum fährst du sonst hierher?"

„Keine Ahnung", gestand Sonja.

Pu legte Sonja seine schwere, angenehme Hand auf die Schulter.

„Wo fährst du eigentlich hin?"

„Zu einem Haus bei Rzeszów", sagte Sonja.

„Zu einem Haus?", fragte Pu zurück. Sonja schwieg. Nach einiger Zeit fiel die Hand von ihrer Schulter. Nachtfalter klatschten hin und wieder mit einem eigenen Rhythmus gegen die Frontscheibe. Die Straße schlängelte sich durch das Karpatenvorland – auf den Hügeln, die die Straße säumten, ragten hier und da dicke, kurze Bäume in die Höhe, der Himmel wurde langsam heller, färbte sich von dunkelblau in vages Grün. Die niedrigen Bäume auf den Hügeln wirkten in dieser Umgebung wie aus einem Trickfilm über den Winter. Alle paar hundert Meter leuchteten im Scheinwerferlicht reflektierende Verkehrsschilder auf, die vor querenden Elchen warnten. Die Elche auf den Schildern waren schematisch gezeichnet, sahen aber sehr hübsch aus – zwei Elche im Sprung, als flögen sie, als würden sie ein unsichtbares Hindernis überwinden, als wollten sie jeden Moment aus dem Warnzeichen ausbrechen. Sonja hatte noch nie echte

Elche gesehen, also hielt sie unwillkürlich auf den Hügeln nach ihnen Ausschau. Das Handy in ihrer Tasche vibrierte – das Roaming hatte sich eingeschaltet. Po lächelte im Schlaf, er rutschte zur Seite, schlug leicht mit dem Kopf gegen die Scheibe, schob sich zurecht und lächelte wieder. Es fuhr sich bequem – die beleuchteten Autobahnen lagen weit entfernt, Sonja war die einzige auf ihrem Fahrstreifen, sie hatte keinen Gegenverkehr. Da kam der erste Elch angesprungen.

Er stieß sich leicht vom Boden ab, kaum dass seine Hufe den Boden berührten, flog ein paar Meter durch die Luft, federnd und leicht, die Luft zitterte, als würde das ganze Tier leuchten. Sein Geweih füllte den halben Himmel aus. So einen Elch hatte Sonja als Kind einmal in einem Trickfilm gesehen. Im Film war der Elch um das Haus eines armen Mädchens im Winterwald gesprungen und hatte unter seinen Hufen Diamanten und kostbare Funken hervorgeschleudert. Ihr Elch sprang direkt vor der Motorhaube über die Straße und blinkte sie aus einem runden, dunklen Auge an. Sonja sah ihm nach und lächelte verzaubert, dem Elch mit dem riesigen Geweih folgte eine ganze Herde. Die Elche waren so groß wie die Kamele aus dem Zoo. Groß und grazil waren sie. Sie stießen sich leicht vom Boden ab und schwebten in der Luft wie in einem verlangsamten Film. Die Elche wurden von goldenen Lichtwirbeln und Morgenluft umspielt. Sie sprangen über das Auto und wirbelten den Tau vom Gras. Sonja fuhr weiter, bestaunte dieses polnische Vorkarpatenwunder und bedankte sich insgeheim bei den netten Grenzern und den unsichtbaren Nachtgeistern. Überall sprangen Elche, flogen durch die Luft, spannten ihre glänzenden Rücken an und lockerten sie wieder, es waren unglaublich viele. Das Leittier röhrte. Sonja hatte im Discovery Channel gesehen, wie Elche im Frühling brüllten, vielleicht waren es aber auch Elefanten oder Hirsche gewesen, aber dieser tiefe, hallende Ton durchdrang alles, der ganze Raum war davon erfüllt wie eine Stadtbrache von Mondlicht. Es war ein Ruf zum Flug, nicht zum Kampf. Die Elche berührten den Boden nicht mehr. Sie schwebten im Himmel über der Straße oder über den Hügeln, in schillernden Farben verschmolzen sie mit dem Scheinwerferlicht. Da spürte Sonja, dass es Zeit war. Eine einzige Bewegung trennte sie davon, mit den Elchen durch die Luft zu fliegen. Fröhlich warf sie den Kopf zurück, riss das Lenkrad herum, ihr leichtes Haar legte sich als heller Schein um den Kopf – das Auto hob ab und entledigte sich seiner Bodenhaftung, Sonja fühlte sich schwerelos und glücklich.

„Sonja, Sonja, Sonja, Sonja, Sonja“, rief Pu immer wieder, als wäre er ein Elch. „Sonja, Sonja, Sonja.“

„Sie hätte uns umbringen können!“, grummelte Po irgendwo in der Nähe. „Er sagt, wir hätten uns dreimal überschlagen.“

„Sonja, Sonja, Sonja“, rief Pu wieder. Sonja öffnete die Augen. Der graue Morgenhimmel stand über ihr. Das feuchte Gras kühlte angenehm den Rücken, kitzelte in den Kniekehlen, am Hinterkopf und an den Wangen.

„Sonja“, schrie Pu. „Ist deine Wirbelsäule in Ordnung? Bleib ja liegen!“

Sonja hätte auch ohne seine Warnung nicht aufstehen wollen. Die Elche waren verschwunden.

„Habt ihr sie gesehen?“, fragte sie aufgeregt.

„Wen?“, wollte Pu wissen.

„Die Elche“, sagte Sonja. „Der Leitelch hat geröhrt. Zum Flug.“

„Sie hat sich den Kopf verletzt“, sagte Po.

„Bist du etwa eingeschlafen und hast Elche gesehen?“

Sonja spitzte die Ohren und war endgültig wach, denn die Stimme, die sie ruhig nach dieser überraschenden Wahrheit fragte, gehörte weder Po noch Pu. Mit der Stimme kam ein Mann, beugte sich fürsorglich über Sonja und tätschelte ihr das Gesicht. „Das war nicht der Leitelch. Ich habe gehupt.“

„Und Elche gab es keine?“, fragte Sonja, der langsam dämmerte, was passiert war. Der Mann lächelte und schüttelte den Kopf. „Schade“, sagte sie.

„Weißt du was“, meinte er, „du versuchst jetzt mal aufzustehen, aber nicht ruckartig, sondern langsam. Zuerst hebst du den Kopf an, dann stützt du dich auf die Ellenbogen und setzt dich hin, alles gemächlich, so gemächlich, wie die Elche durch die Luft schweben.“

„Bist du Arzt?“

„In dritter Generation.“

Sonja setzte sich langsam auf. Sie hatte keine Schmerzen, nichts brannte oder störte. Po hatte eine aufgeschlagene Stirn, Pu ein aufgeschlagenes Kinn. Beide schauten sie erschrocken an.

„Tut dir was weh?“, fragte der Mann.

„Wo ist mein Auto?“

Er blickte Richtung Hügel. Der Lada lag in der Nähe, etwas eingedellt, das Dach war weit in die warme Erde gerammt. Die Frontscheibe war gesprungen, aber nicht herausgedrückt worden, die Seitenfenster lagen wie Diamantsplitter rings um den Wagen verstreut. Es hätte phantastisch ausgesehen, wenn sich noch dazu die Räder hilflos in der Luft gedreht hätten. Aber sie drehten sich nicht. Das erste Licht schlug Funken am zersplitterten Glas wie die Hufe des Phantasieelchs.

„Hast du Angst?“, fragte der Mann.

„Jetzt ja.“ Sonja sah ihn aufmerksam an, er hatte merkwürdige Augen. Sie waren hellblau, ernst, entweder schielte er oder die Augen standen ungewöhnlich. Eine schwer beschreibbare Asymmetrie zog ihren Blick an, zwang sie hinzusehen, innezuhalten, zu mustern.

„Du brauchst keine Angst mehr zu haben. Kannst du aufstehen?“

Sonja stand auf. Pu, Po und der Mann schauten sie aufmerksam an. Es war alles in Ordnung.

„Ist das, weil wir geschlafen haben?“, fragte Pu. „Sind wir am Leben, weil wir eingeschlafen sind und uns entspannt haben?“

„Ihr seid am Leben, weil ihr am Leben seid, ihr habt ein altes, robustes Auto, eure Lebenslinie ist lang, ihr seid langsam gefahren, es war ein gelungener Tag, darum seid ihr eingeschlafen und habt euch entspannt“, sagte der Arzt in dritter Generation. „Entspannen ist nie falsch, obwohl es natürlich keine Garantie gibt.“

„Mit ihr gibt es sowieso keine Garantie“, sagte Po plötzlich. „Wie kann man denn am Steuer einschlafen?“

„Zhenja.“ Pu wollte ihn unterbrechen, aber das war sinnlos.

„Schläft am Steuer ein, obwohl sie zwei Leute im Auto sitzen hat“, jammerte er, „und noch dazu in einem fremden Land. Bringt das Leben anderer Menschen in Gefahr wegen irgendwelchen Elchen. Wir hätten tot sein können. Und Sie – wie konnten Sie einen schlafenden Fahrer anhupen?“

Sonja setzte sich wieder ins Gras, sie war schrecklich müde. Nastja hatte gesagt, das würde irgendwann nach dem ersten Monat anfangen. Sie musste an Pos Oma denken, jetzt jammerte und keifte er genauso wie sie am Morgen auf der Toilette. Sie ertrug es nicht länger.

„Strafe Gottes“, gab Sonja zurück. „Das hätte die Strafe Gottes werden sollen. Für euer perverses Leben. Ihr lebt noch, weil ich da war, ich habe mit den ganzen Geschichten nichts zu tun.“

„Ach, seid ihr schwul?“, fragte der Mann neugierig.

„Sonja“, zischte Pu. Po zerrte schweigend die Taschen aus dem Auto, nachdem er den Kofferraum geöffnet hatte, soweit das möglich war.

„Schwule Brüder“, sagte Sonja, die sich im Gras niederließ und die der Schlaf übermannte. „Musizierende Vogelfänger. Ein Paar aus Pu und Po.“ Dann fehlten ihr die Worte. Es war unheimlich schade, dass die Elche fort waren. Starke Arme hoben sie hoch und trugen sie weg.

Sonja erwachte in einem großen, gemütlichen Bett. Sie wollte etwas essen und unbedingt unter diesen sorgsam aufgefalteten Betttüchern liegenbleiben, keinesfalls unter der Decke hervorkriechen, sich umsehen oder nachdenken. Sonja räkelte sich wohlig, breitete die Arme aus – plötzlich stießen die Fingerkuppen ihrer rechten Hand auf etwas Hartes, Stacheliges, Rundes, Angenehmes, Warmes. Sie erschrak. Dann drehte sie sich vorsichtig um. Unbewusst hatten ihre Finger einen Hinterkopf gestreichelt, der aus einem kräftigen Hals und einem braungebrannten Rücken ragte. Der Mann lag auf der Seite, direkt an der Bettkante, zusammengerollt wie ein großes, schweres Baby. Er roch nach Wärme, Leben und Geborgenheit. Sonja rief sich all das in Erinnerung, was mit ihr nach der Grenze passiert war, und schlussfolgerte, dass das der Arzt in dritter Generation sein musste. Sie kroch vorsichtig näher und stützte sich auf die Ellenbogen, um den Mann zu betrachten. Der Mann konnte um die 35 sein, vielleicht war er auch 45. Er war fit, würde Eteri sagen, keine überflüssigen Wölbungen, sein Körper war straff und hatte harmonische Proportionen. In sein honigblondes Haar mischten sich hier und da ein paar graue Strähnen, doch die schmalen, geraden Brauen und die langen, federnden Wimpern waren schwarz und glänzten – Sonja gefiel dieser Kontrast, bei ihr war alles genauso, nur graue Strähnen hatte sie noch nicht. Der empfindsame Bauch, die geraden Beine, die akkuraten, spitzen Knie, die unter den Kopf geschobenen Hände, die halbe Morgenerektion unter den schwarzen Boxershorts, die pulsierende Ader an der Schläfe, die ziemlich große, aber wohlgeformte Nase und der im schläfrigen Atmen halb geöffnete Mund – all das sah ausgezeichnet aus, Sonja konnte sich gar nicht sattsehen.

„Ich bin schon wach", sagte der Mann schließlich. „Hast du Hunger?"

Er drehte sich zu Sonja um und deckte sich mit einem Laken zu, Sonja unterließ das absichtlich. Sie trug ohnehin einen Slip und ein Männerhemd, der Arzt in dritter Generation musste sie umgezogen, berührt und angeschaut haben, was ihn wohl nicht abgeturnt hatte. Seine Augen sahen immer noch so merkwürdig aus, wie sie es vom gestrigen Abend in Erinnerung hatte – helle Augen mit einer leichten Fehlstellung.

„Ich habe großen Hunger."

Der Mann rief an der Rezeption an und bestellte allerlei Speisen. Draußen vor dem Fenster zeigten sich eine mittelalterliche Stadt, Bäume, klare Luft nach dem Regen, endloses Licht, leichte Wolken. Rauschen und Vogelstimmen waren zu vernehmen.

„Kannst du dich an alles erinnern?“, fragte der Mann, nahm die Teller mit Obst, Käse, Schinken und Brot vom Servierwagen, den das Zimmermädchen gebracht hatte, stellte sie ins Bett und reichte Sonja eine große Tasse mit verführerisch duftendem Kaffee.

„Na ja, wir haben uns überschlagen“, sagte Sonja, machte sich aus dem knusprigen Brot und allen erdenklichen Zutaten ein turmhohes Sandwich, biss hinein und fragte mit vollem Mund: „Und bo wind meine Freunde?“

„Deine schwulen Freunde sind nach Krakau gefahren“, sagte der Mann. „Du hast Elche gesehen. Weißt du, was? Das passiert allen, weil die Schilder da stehen. Das ist eine dauerhafte Fata Morgana in der Gegend. Nach der Warterei an der Grenze schlafen unheimlich viele Leute ein und sehen dann diese fliegenden Elche, aber noch keiner ist auf die Idee gekommen, von der Straße abzuheben und ihnen zu folgen. Du bist die Einzige.“

„Hast du die Elche auch gesehen?“

„X-mal“, sagte der Mann und lachte.

„Wirklich?“, fragte Sonja enttäuscht.

„Weißt du“, sagte er, „man darf nicht geizig sein mit den schönen Dingen. Gönn mir die Elche. Die imaginären vor allem.“

Sonja dachte darüber nach. Das Beste zu teilen war nicht einfach, aber eigentlich hatte sie es immer so gemacht.

„Und mein Auto?“

„Du hast kein Auto mehr“, sagte der Mann unbekümmert. Sonja nahm das nicht allzu tragisch.

„Wo sind wir eigentlich?“, fragte sie.

„In Rzeszów. Das ist eine Stadt. Und wohin wolltest du?“

„Genau hierher“, sagte sie. „Aber jetzt muss ich Pu und Po finden.“

„Unbedingt?“

„Vielleicht.“

„Gut“, sagte der Mann. „Dann fahren wir nach Krakau. Ich bringe dich hin.“

Und so begann ihre unglaubliche Reise. Und nicht nur sie.

„Wie heißt du?“, wollte Sonja wissen und machte es sich auf dem Beifahrersitz des komfortablen Schlittens bequem.

„Kai.“

„Ach, wirklich?“, fragte sie ungläubig.

„Natürlich nicht“, antwortete er.

An den Tankstellen kaufte Kai Chips, Würstchen, Schokoladentäfelchen, grellbunte Feuerzeuge, farbige Schlüsselanhänger, Kuscheltiere und Sonnenbrillen. Bald beteiligte sich Sonja an dem Spiel, weil sie es immer genauso machte. Sie suchten zusammen die sinnlosesten Dinge aus, um sie später im Auto zu betrachten, das unnütze Zeug in alle Taschen und Ecken zu stopfen und über sich zu lachen. Wenn man dem Glauben schenken konnte, was Kai sagte, war er irgendwann vor langer Zeit aus einer kleinen, trägen Stadt aufgebrochen, hatte die Grenze überquert und eine Zeit lang körperlich schwer gearbeitet. Aber die körperliche Arbeit hatte Kai nicht gefallen, zu leben hingegen gefiel ihm sehr. Deshalb hatte er aufgehört zu arbeiten und angefangen zu leben.

„Und was machst du jetzt?“, fragte Sonja.

„Ich habe ein Business“, antwortete Kai, und das konnte alles Mögliche heißen.

„Dann bist du gar kein Arzt?“, bohrte Sonja weiter.

„Nein“, gab er zu.

„Und womit verdienst du dein Geld?“

„Ich habe viele Partner“, sagte Kai, „in verschiedenen Ländern.“

Daran hatte Sonja keine Zweifel.

Kai war EU-Bürger, aber die Nummernschilder an seinem Auto stammten komischerweise aus Belarus. Sonja hatte auch früher schon oft Luxuswagen mit Nummernschildern aus diesem armen, gebeutelten Land gesehen. Neben Kai kamen keine Fragen auf, und wenn doch, gab es immer eine einfache und schnelle Antwort, und diese Antwort wusste Kai. Ohne Hände am Steuer, ohne Ziel hinter der Grenze, ohne Louis, ohne Pu und Po, ohne Auto, Eteri, Katja und Nastja fühlte sich Sonja vollkommen geborgen. „Schlaf“, sagte Kai, und Sonja schlief rasch ein. „Trink“, sagte er, und folgsam trank sie Limonade, einen Becher Tee oder sprudelnde, kitzelnde Orangina. „Iss“, sagte er, und sie machte sich über Gummibärchen und Cracker, Tankstellensandwiches und Automatenkekse her. „Schau“, sagte er, und sie entdeckte Störche auf den Feldern und Wisente auf den Wiesen, Fallschirmspringer am Himmel und Reiter am Waldrand, Palindrome aus Ziffern und Buchstaben auf den Nummernschildern entgegenkommender Fahrzeuge, tanzende Sonnenstrahlen und einen gläsernen Mond, der als schmale weiße Sichel seit dem frühen Morgen am hellen Himmel stand. So fuhren sie.

Als sie über das nicht erfassbare Gedenkfeld mit Pferden, Fahrradwegen und Drachen fuhren, das die Bewohner der Stadt hartnäckig als Park bezeichneten, fühlte sich Sonja bei Kai schon so, als wäre er nur dazu geschaffen, sie zu beschützen. Ihr fiel Po ein, der sich so sehr wünschte, dass ihn jemand „vor allem beschützte". Kai war für Sonja der geborene Beschützer. Der schreckliche grelle Morgen im Wald, als Sonja begriff, dass alles falsch war, was passierte, war vergessen. Sie musste nicht mehr sofort wissen, wie es weitergehen sollte. Die Zeit setzte sie nicht mehr unter Druck. Eigentlich fühlte sie sich überhaupt nicht mehr bedrängt. Sie wollte Kai kennenlernen, mit ihm sprechen, ihn berühren, lachen, ihm nah sein.

„Und wohin warst du unterwegs?", fragte Kai, als sie sich langsam durch einen Stau in der Innenstadt schoben.

„Ich wollte eine bestimmte Person finden", sagte Sonja und vermied eine ausführliche Antwort.

„Und jetzt nicht mehr?"

„Jetzt geht es auch später", meinte Sonja eher zu sich als zu Kai. „Jetzt muss ich Po und Pu finden und sehen, ob es ihnen gut geht."

„Einverstanden. Wir finden sie, und dann zeige ich dir einen Drachen."

Den Drachen hatte Sonja schon entdeckt. Einen schlanken Metalldrachen, der am Weichselufer stand und jede Stunde für die Touristen Feuer spie. Neuerdings wurde allerdings am Drachenfeuer gespart: Damit das Tier spie, musste man zuvor eine SMS an eine bestimmte Nummer schicken. Kai lachte.

„Den kennen alle", sagte er.

Das Hotel, in dem sie übernachteten, stand direkt am Fluss. Ihre Fenster gingen in den Himmel hinaus. Sonja betrachtete die Brücken, die baumbestandenen Hügel dahinter, die alten und neuen Industriegebiete, die Fabriken, die Neubauten, das Silo, die alten Vorstädte, wo sich riesige Villen im Grün versteckt hielten. Vom zweiten Fenster aus sah Sonja die Dächer der Altstadt, die Gassen, die Kirchturmspitzen und sogar ein Stück vom Wawel.

„Wenn du weit oben wohnst", meinte Kai, „dann kommt es dir so vor, als ob alles ringsum dir gehört. Oder zumindest zum Greifen nahe ist. Deswegen nehme ich gern ein Zimmer unterm Dach."

„Und alles ringsum gehört dir?", fragte Sonja.

„Genau. Wie findest du das?"

Sonja lachte. Sie fand es gut.

Der Trompeter auf dem Turm spielte seine kurze, traurige Melodie in alle Richtungen, die Sonne sank tiefer und tiefer, rollte den Hügeln hinter dem Fluss zu, die umliegenden Gebäude warfen lange Schatten auf den Marktplatz. Ein einsamer Yogi mit Mantel und Turban stand schwebend, auf einen Stock gestützt, über einem abgewetzten Teppich in der Luft, die Augen auf einen bestimmten Punkt gerichtet – niemand nahm Notiz von ihm. Sonja sah ihn jedes Mal, wenn sie in die Stadt kam. Auch sie glaubte, dass ein starker Metallrahmen, der an dem Stock befestigt war, den Yogi in der Luft hielt und dass der abgewetzte Teppich in Wirklichkeit ein Fundament war, auf dem sich das Gewicht verteilte. Kai erzählte, dass er abends einmal gesehen hatte, wie der deprimierte Yogi aufstand und durch die Luft nach Hause lief, ganz ohne Rahmen, und der Teppich ihm nachschlich wie ein geprügelter Hund, der auf den Arm genommen werden wollte. Sonja hatte keinen Grund, Kai nicht zu glauben, deswegen warf sie dem Yogi ihr ganzes Kleingeld auf den Teppich.

„Darum geht es ihm gar nicht", sagte Kai lächelnd.

„Und worum dann?", fragte Sonja.

Kai wies mit den Augen zur anderen Seite des Platzes. Dort formte ein junges, pausbäckiges Mädchen mit zwei Stöcken, die über eine Schnur verbunden waren, riesige Seifenblasen. Eine Schar Kinder umringte sie und bejubelte jede neue Blase mit einem frenetischen Kreischen, die Erwachsenen standen dabei und taten so, als würden sie auf die Kinder warten, hielten aber selbst den Atem an und kreischten bei besonders großen Blasen ebenfalls los. Alle hüpften und klatschten. Das Mädchen suchte sich den kleinsten Jungen aus und ließ die Blase um ihn herumwachsen. Er schwebte in der Blase über dem Boden, aber als die Blase weiter aufsteigen wollte, piekste das Mädchen sie hastig mit einem Stock an, fing den verdatterten Jungen auf und stellte ihn auf die Erde. Die Kinder und die Erwachsenen seufzten laut und kreischten erneut.

„Liebe und Aufmerksamkeit kann man sich nicht verdienen, indem man immer nur an einer Stelle hockt", schlussfolgerte Sonja. „Nicht einmal, wenn du in der Luft schwebst, was an sich schon etwas Besonderes ist. Keiner liebt einen anderen dafür, dass er etwas Besonderes ist."

„Und wofür dann?", fragte Kai interessiert.

„Einfach so", sagte Sonja. „Oder für die Seifenblasen."

Die mit Lakaiengewändern und Adelskleidern kostümierten erschöpften Kutscher tränkten die nicht weniger erschöpften Pferde, die vor üppige, prunkvolle Wagen gespannt waren. Aber es waren kaum noch Touristen da. Geblieben waren die Tauben, die Schatten der Türme und der Ammoniakgestank des Pferdeurins, die Verkäufer von grellen Lutschern und Kühlschrankmagneten, der Yogi mit seinem Teppich und das Mädchen mit den Seifenblasen und dem lärmenden Publikum. Die Kellner klappten nach und nach die Stühle ein und schlugen die Tischdecken zusammen.

„Was würdest du jetzt machen, wenn du schwul wärst?", fragte Sonja.

„Andere Schwule suchen.“

„Das machen wir ja eigentlich auch“, sagte sie.

„Das hat nichts zu bedeuten!“, erwiderte Kai, und sie mussten lachen.

In keinem der Restaurants, Klubs, Bars und anderen abendlichen Vergnügungslokale und Kultureinrichtungen konnten sie Pu und Po entdecken. Sonja und Kai fanden viele andere Schwule, zig grazile, hübsche Jungs, etliche Ukrainer, ein paar Trompeter, Vogelkundler, Wirtschaftsstudenten und einen Zhenja aus Moskau, aber Po und Pu waren nicht dabei.

„Haben sie ein Telefon?“, fragte Kai und bestellte im nächsten Kellerlokal mit lauter Musik und flimmerndem Licht, das eigentlich wie geschaffen war für zwei neu zugereiste Schwule, für sich und Sonja bunte Cocktails.

„Ja!“, antwortete Sonja bestimmt.

„Dann rufen wir sie doch an“, sagte Kai.

„Ist dir schlecht?“, fragte sie.

„Mir geht es sehr gut.“

„Dann ist es ja gut“, sagte Sonja. „Ich hab ihre Nummern nicht.“

Insgeheim schwor sich Sonja, dass es das letzte Mal war, dass sie Alkohol trank. Dass von einem Mal schon nichts passieren würde. Dass es ja auch so sein könnte, dass sie noch gar nichts von ihrer Schwangerschaft wusste und sie eben was trinken würde und dass das allen, die noch nicht wussten, dass sie schwanger waren, genauso gehen würde. Sonja machte das irgendwo zwischen dem zweiten und dritten Klub mit sich ab, und ihre Gewissensbisse waren verschwunden.

„Wo ist der Drache?“, fragte Sonja laut, und ihre helle Stimme tanzte über das Wasser wie Silberstaub. Die Schwäne hatten die langen Hälse eingerollt, die

Köpfe ins Gefieder gesteckt und schliefen in weißen Nestern auf dem dunklen Fluss.

„Der schläft“, sagte Kai und hielt Sonjas Taille umfasst. Sonja war sturzbetrunken. Sie liefen über eine halbfertige Brücke.

Sonja musste die ganze Zeit daran denken, wie er sie angesehen hatte, als sie im Innenhof eines der letzten Klubs mit einem schwarzen, geschmeidigen Medizinstudenten Tango getanzt hatte. Der lange Rock umspielte ihren schlanken Körper, die Haare fielen auf die schmalen Schultern, die Ellenbogen gingen nach oben, die Hände suchten energisch und zur rechten Zeit die Handflächen des starken dunkelhäutigen Tanzpartners. Kai schaute Sonja so an, wie er sie anschaute: vollkommen fasziniert von ihrer Lebensfreude und Lebenslust. Als der Tanz zu Ende war, nahm Kai sie bei der Hand und führte sie weg. Es fügte sich alles bestens.

„Um den Drachen zu sehen, braucht es Glauben“, sagte Kai. Sie ließen den Fluss hinter sich und liefen durch dunkle Viertel, vorbei an Bäumen und verschlafenen Häusern.

„Ich glaube dir.“

„Es wird schwierig“, sagte er. „Wir müssen auf einen Hügel steigen.“

Vom Himmelslicht beschienen, ragte der Hügel vor ihnen auf, darauf ein ausladender Baum.

„Ach wo. Mit dir ist überhaupt nichts schwierig, mit dir ist immer alles einfach. Oder?“, fragte Sonja.

„Stimmt“, pflichtete Kai bei.

„Und warum bist du dann allein?“

„Ich bin nicht allein“, sagte Kai. „Ich hab dich.“

Das war genau das, was Sonja hören wollte. Egal, wo Pu und Po steckten, die es unbedingt darauf anlegten, sich nie zu trennen, egal, wen Sonjas Vater all die Jahre statt ihrer geliebt und umsorgt hatte, egal, was Louis sich in seinem Lille dachte, jetzt hatte Sonja jemanden, der ausschließlich ihr gehörte. Und das war Kai – schön, perfekt, locker. Er erzählte ihr die Geschichte mit dem Drachen, der die Stadt entweder gegründet oder zerstört hatte oder zuerst das eine und dann das andere, und zog Sonja hinter sich den Hügel hinauf, zu dem einsamen Baum. Kai trug ihre Sandalen und stapfte durchs Gras, obwohl es einen Weg gab.

„Hinter dem Hügel", sagte Kai, „liegen Sümpfe und Seen. Und auf dem Grund eines Sees gibt es ein künstliches Konzentrationslager."

„Ein künstliches Lager?", fragte Sonja.

„Das ist für einen Film gebaut worden. Das richtige Lager war woanders. Sie haben Baracken, Gaskammern, Speisesäle, Folterkammern und sogar Straßen gebaut, die mit Grabplatten von jüdischen Friedhöfen gepflastert wurden."

„Mit echten?", wollte sie wissen.

„Keine Ahnung", meinte er ehrlich. „Im Film sahen sie echt aus. Einige der Juden, die hierherkamen, sind vor lauter Schreck gestorben – so echt sah das alles aus. Als ob es nicht zu verhindern wäre – in einem echten Konzentrationslager überleben, um dann vor den Kulissen zu sterben."

„Wir sind ja keine Juden, da kriegen wir doch hoffentlich keinen Herzschlag, wenn wir da oben stehen und den Drachen beobachten?", fragte Sonja.

„Wir werden nicht vor Angst sterben, da oben auf dem Berg. Wir werden überhaupt nie sterben", sagte Kai. Sonja dachte genauso.

Unter dem Baum auf dem Hügel war es kühl. Auf der einen Seite lag im gelben Zwielicht der Straßenlaternen die Stadt, mit ihren Schloss- und Kirchtürmen und ihren spitzen Dächern wogte sie nach oben. Auf der anderen Seite lagen die Seen, dort raschelte die Segge und ragten die Kulissenreste auf. In der Segge lebten Enten und unter Wasser schwammen kleine Stadtfische wie die Seelen der toten Juden, die im Film und nicht in Wirklichkeit gestorben waren.

„Und jetzt?“, fragte Sonja.

„Jetzt musst du glauben“, sagte Kai und zog sie ins Gras. Sie wälzten sich im Tau, vergaßen die Juden und betrachteten die Stadt.

„Lange?“

„Glauben musst du immer“, sagte er belehrend.

„Du hast doch nicht etwa eine Frau, eine Familie oder so was?“, fragte Sonja.

„Nichts dergleichen“, antwortete Kai.

„Gut.“

„Glaubst du, dass das so gut ist?“, fragte er plötzlich ernst.

Er ist einsam, dachte Sonja, so ein toller Mann und so einsam. Wie gut, dass wir uns begegnet sind. Ich muss ihn schnell küssen.

Aber Kai kam ihr zuvor.

Es war komisch und mühsam, die feuchten Sachen auszuziehen. Aber Sonja war hartnäckig, Kai auch, Sonja war ungeduldig, Kai zärtlich, Sonja war leicht und geschmeidig, Kai stark und feurig, beide waren sie betrunken – so erwärmte sich der Tau von der Berührung, als sie durchs Gras rollten, miteinander ringend, einander verschlingend, und vermischte sich mit dem Schweiß, mit ihren Ausdünstungen, ihrer Feuchte. Als Sonja kam, schien es ihr, als würde sie sich auflösen, sich in Kai auflösen und er in ihr, als würde von den Atemstößen, vom Wasser, vom Gras, von der Nacht, vom Sommer ihr Herz reißen. Die Umarmung wurde fester, die Lippen fanden die warmen, pulsierenden, besonders empfindsamen Hautpartien, und alles begann von vorn.

Langsam dämmerte es. Sie waren erschöpft und wurden allmählich wieder nüchtern, Feuchtigkeit und Tau verdunsteten, die Augen fielen ihnen zu, die verborgenen Vögel erwachten und machten sich in den Zweigen über ihnen bemerkbar, da sagte Kai: „Sieh mal."

Und Sonja sah es. Weit hinter der Stadt schlief, zusammengerollt wie eine Katze, ein riesiger roter Drache, der runde Teil seines Rückens hatte sich über Dächer und Kirchtürme gelegt. Zwischen den Wolken, im morgendlichen Dunstschleier, strahlte der Rücken des Drachens Wärme und Licht aus und wurde langsam größer. Der Drache atmete tief ein, seine Atemzüge waren lang, endlos lang, Sonja schmiegte sich enger an Kai, schützte sich vor dem Drachenlicht mit dem endlosen Stoff ihres langen Rocks und schlief selig ein.

Sonja liebte es, früh am Morgen heimzukehren, wenn alle schick und geschäftig auf dem Weg zur Arbeit waren, nach Dusche rochen und keine Ahnung hatten, wo sie herkam und was sie Tolles erlebt hatte. Die Stadt vibrierte von Fahrradklingeln und Reifenquietschen, von Telefongesprächen und unzähligen Schritten – ein Werktag begann. Kai hielt Sonja an der Hand. Immer, wenn so etwas anfing, hatte Sonja große Angst – dass alles schiefging, dass sie betrogen, verlassen und nicht mehr geliebt werden würde, dass sie sich entliebte und dass es trostlos werden würde. Davor fürchtete sie sich komischerweise am meisten. Dabei hatte mit ihren Abenteuern immer alles geklappt – sie begannen leidenschaftlich, waren stürmisch und endeten einvernehmlich. Erst bei Louis hatte Sonja verstanden, wovor sie sich wirklich fürchten musste: vor dieser Leere, die kam, wenn alles vorbei war. Vor der inneren Taubheit ... vor dieser völligen inneren Taubheit. Mit Kai würde es nicht so weit kommen, da war sich Sonja sicher. Die Angst war nicht da. Sonja machte den Test aus der Kindheit – sie schloss die Augen und lief neben Kai her, ohne seine Hand loszulassen. Ein echter Beweis war das natürlich nicht, aber Sonja vertraute darauf, wie man auf alles vertraut, was man in der Kindheit gelernt hat.

„Schläfst du etwa schon wieder und träumst von Elchen?“ Kai puffte sie.

„Nein, ich mache einen Test“, sagte Sonja.

„Mit mir?“, fragte er.

„Mit mir“, antwortete sie ehrlich.

Im Hotel erwartete sie ein spätes, kalorienreiches Frühstück.

„Ich male“, sagte Sonja zu Kai, während sie aßen. Sie wollte nichts verheimlichen, zuerst allerdings ihre beste Seite zeigen.

„Und was genau?“

„Ich mache Illustrationen. Für Zeitschriften und Projekte. Manchmal male ich auch Bilder.“

„Und Ikonen?“, fragte Kai plötzlich. „Malst du auch Ikonen?“

„Ikonen?“ Sonja musste lachen. „Nein, höchstens Icons. Wenn zum Beispiel jemand ein Design bestellt für eine App oder so was.“

„Ich glaube, Ikonen mögen die Leute lieber“, sagte er.

„Kommt auf die Leute an.“

„Leute, die Erlösung suchen. Oder solche, die einen Sinn suchen. Oder sich selbst. Oder Gott. Oder solche, die jemanden brauchen, dem sie etwas zuflüstern können, wenn sie keinen zum Reden haben. Wen wolltest du eigentlich finden? Bevor wir die Schwulen gesucht haben."

Nun musste Sonja wohl mit der Sprache rausrücken und Kai die Wahrheit sagen. Über ihren Vater, die Liebe und das Geld, über die Schwangerschaft und das Kind, das da unsichtbar und unhörbar in ihr saß und sich der Größe einer Bohne näherte, über den Taubenmann und die Party im Wald, über Louis und wer weiß, was sie Kai noch alles erzählen musste – Sonja log ja nie, und wenn doch, kam sie immer zurück und sagte die Wahrheit. Das fand sie einfacher. Nichts war für Sonja schlimmer als zu verstehen, dass sie jemanden betrogen hatte und dann aus Selbstverachtung in ein tiefes Loch zu fallen. Eteri behauptete, das seien eine Schwäche und ätzende mentale Faulheit, aber Eteri war weit weg. Sonja wog alles ab, was sie dachte, und auch das, was Eteri gesagt hatte, und sagte die Wahrheit.

„Ich muss mal auf die Toilette", sagte sie.

„Ich habe einen Mann kennengelernt", sagte Sonja. Nastja, Katja und Eteri sahen auf dem Bildschirm völlig echt aus. Waren sie ja auch. Nur eben sehr weit weg.

„Liebt er dich?", fragte Nastja.

„Ist er Ausländer?", fragte Katja.

„Schon wieder?", fragte Eteri.

„Was soll ich ihm sagen? Ich bin doch schwanger, das vergeht nicht einfach so. Es fängt zwar alles gerade erst an, aber ich vertraue ihm."

„Und er?" Eteri wusste die Antwort im Voraus.

„Er mir auch."

„Sollte er lieber nicht machen."

Sonja saß auf der Hoteltoilette, als müsste jetzt eine endgültige Entscheidung fallen.

„Und wie ist er so?", fragte Eteri. „Erzähl mal."

Und Sonja erzählte alles.

„Sieht wohl gut aus?", sagte Nastja, als Sonja geendet hatte.

„Was macht der eigentlich, das habe ich nicht verstanden", wollte Katja wissen.

„Bist du noch normal?", fragte Eteri.

Alles, was Eteri dann sagte, wusste Sonja selbst. Dass er nicht mal seinen richtigen Namen genannt hatte. Dass er womöglich doppelt so alt war wie sie. Dass er vielleicht gefährlich war. Ob er nicht doch eine Freundin hatte. Dass das Auto gestohlen sein konnte. Ob er tatsächlich eine Staatsbürgerschaft hatte. Ob er nicht von der Polizei gesucht wurde. Ob er überhaupt noch beim Frühstück säße, während Sonja von der Toilette zurückkam.

„Hör auf", bat Sonja. Nastja weinte. Katja schwieg taktvoll.

„Weißt du, was das Schlimmste ist?", sagte Eteri, „Es sind gar nicht diese ganzen unangenehmen Unwägbarkeiten. Das Schlimmste ist, dass er sich wirklich wie ein unreifer Junge benimmt. Gabelt unterwegs ein Mädchen auf, bringt sie mit ihren Freunden auseinander, nimmt sie mit ins Hotel, fährt mit ihr Gott weiß wohin, betrinkt sich, schläft mit ihr und frühstückt."

„Warum soll er denn nicht frühstücken?", ereiferte sich Sonja.

„Sonja", sagte Eteri, „dein leichtes Leben hatte Charme. Alles, was du erlebt hast, ist ohne dein aktives Zutun geschehen, und das war gut. Aber alles zu seiner Zeit. Diese Zeit ist zu Ende. Du bist schwanger. Das vergeht nicht einfach so, das hast du selbst gesagt, und wenn doch, wird es davon nicht besser."

„Warum regst du dich eigentlich so auf?", fragte Sonja schließlich.

„Weil ich im Heim aufgewachsen bin“, sagte Eteri plötzlich. Eine Zeit lang schwiegen alle.

„Und was soll ich machen?“

„Sei erwachsen“, sagte Eteri. Was das hieß, wusste Sonja nicht.

„Du hast gut reden“, ließ sich Nastja vernehmen, „du bist dreißig.“

„Und wenn ich es ihm in einer Woche sage? In einer Woche“, seufzte Sonja, „reicht das?“

„In einer Woche reicht“, ermutigte sie Nastja.

„Und in einer Woche weißt du auch, woran du bist“, stimmte Katja zu.

„Ohne mich, Kinder“, sagte Eteri und legte als erste auf.

Kai war nicht mehr im Hotelrestaurant. Was mach ich jetzt?, dachte Sonja, obwohl eigentlich klar war, was sie jetzt machen würde: Sie musste ihre Tasche aus dem Zimmer holen und verschwinden, ehe ihr jemand die Zimmerrechnung präsentierte. So etwas hatte sie noch nie gemacht, warum also nicht zum Beispiel jetzt damit beginnen. Dann musste sie Pu und Po finden und um Hilfe bitten, und, falls sie nicht zu finden waren ... Aber wie konnten die zwei ihr eigentlich helfen? ... Egal, wenn sie die beiden also nicht fand, musste sie in den Zug steigen und zurückfahren, zu Tante Halja oder besser noch nach Hause. Die Suche nach ihrem Vater hatte Sonja gestrichen – die Abenteuer, die sie bis jetzt auf diesem unkontrollierten Territorium erlebt hatte, reichten ihr. Wie hätte sie ihn auch suchen sollen? Wer war er eigentlich? Was wollte sie von ihm? Gab es ihn überhaupt?

Bei der Gelegenheit würde sie auch gleich das Auto mitnehmen, wenn das nicht schon jemand anders getan hatte. Wenn sie es schaffte, das Auto umzudrehen, würde wieder alles wie früher sein. Ob es früher gut gewesen war, stand auf einem anderen Papier. Und das Kind, sie musste sich mit dem Kind etwas einfallen lassen. Zumindest aufhören, Alkohol zu trinken und sich mit dem Auto zu überschlagen. Und es irgendwann auf die Welt bringen, was ja auch eine Methode war, sich seiner zu entledigen.

Was soll's, dachte Sonja, als sie mit dem Fahrstuhl in das oberste Stockwerk fuhr, das bis eben noch Kai und ihr gemeinsames gewesen war. Gut, dass ich wenigstens immer weiß, was zu tun ist. Manchmal wäre es allerdings auch ganz gut zu wissen, was man lieber nicht tun sollte.

Das Zimmer war nicht abgeschlossen. Während Sonja die Tür aufstieß, stellte sie sich vor, dass Kai eben noch hier gewesen war, dass er seine Sachen und vielleicht auch ihre Dokumente genommen hatte und abgehauen war, einfach so, ohne Sonja. Wie Louis. Komischerweise fühlte sie dadurch eine besondere Stärke und an Freude grenzende Sicherheit – es gab Unannehmlichkeiten, und denen musste sie sich stellen. Und zum Glück waren es keine vagen Unannehmlichkeiten, die sich ewig hinzogen, wie das Kind zum Beispiel, von dem man im Moment weder etwas sah noch hörte, sondern akute Unannehmlichkeiten, die jetzt eine Lösung erforderten.

„Ist dir schlecht?", fragte Kai. Er lümmelte auf dem Bett, hatte geduscht und studierte irgendwelche Karten mit eingezeichneten Routen.

„Nein", sagte Sonja halb enttäuscht, halb erleichtert. „Nicht mehr."

Kraftlos kletterte sie aufs Bett und schmiegte sich an Kai. Lust und Zärtlichkeit überkamen sie, aber wie in der Nacht, als sie sich auf der Schnellstraße überschlagen hatte, wurde sie von einem unbändigen, unerträglichen Schlafbedürfnis übermannt. In einer verworrenen Situation war es das Beste, sich schlafen zu legen. Kai kraulte ihr den Rücken und lachte.

„Müssen wir die Schwulen noch suchen?“, fragte er.

„Nein“, sagte Sonja, „aber was machen wir stattdessen?“

„Ich muss nach Berlin.“

Ach so, dachte Sonja schlapp. Er muss nach Berlin. Und ich?

„Kommst du mit?“, fragte Kai. „Du kommst doch mit, oder?“

Im Einschlafen schwor sich Sonja, nie wieder auf Eteri zu hören, ihr nie mehr zu glauben, vielleicht überhaupt nie wieder mit ihr zu sprechen. Stattdessen immer Kai zu glauben, denn das hatte Eteri schließlich auch gesagt: Eigentlich könne man niemandem vertrauen, müsse es aber manchmal. – Eteri musste es wissen.

Sie fuhren los, wie man das normalerweise macht – in aller Frühe, nachdem sie gepackt, gefrühstückt und die Klimaanlage eingeschaltet hatten. Sonja wusste gar nicht mehr, dass es so etwas gab, also dass man in einem Auto bei Hitze nicht unbedingt ersticken musste, sondern sich einfach unterhalten, die Knie streicheln und aus dem Fenster schauen konnte. Vor ihnen tat sich Katowice auf, das in trostlosem Fabrikstaub versank – Bergwerke, Gießereien, chemische Industrie, irgendetwas davon musste es in der Stadt geben.

„Wie bei uns im Osten, nur ein bisschen besser“, sagte Kai. Wie es bei ihnen im Osten war, wusste Sonja nur aus dem Internet, und was sie gesehen hatte, weckte in ihr nicht den Wunsch, es live zu erleben. Manchmal schämte sich Sonja ein bisschen für diese

Haltung, aber sie konnte sich nicht überwinden. In jedem Land gab es weniger attraktive Ecken. Über Katowice wusste Sonja nur, dass die Stadt einen Flughafen hatte.

„Ich habe hier früher mal gelebt."

„Und wie war das?", fragte sie.

„So lala", sagte er. „Aber ich habe hier ein Business aufgetan. Hier ist es so trostlos, dass man einfach was unternehmen muss."

„Und was ist das für ein Business?" Sonja nutzte die Gelegenheit.

„Ich verkaufe Wunder."

„Und das geht?"

„Läuft nicht schlecht", antwortete er lächelnd.

Sie machten halt, um zu Mittag zu essen. Überall in der Stadt waren Bilder von Henio Żytomirski zu sehen, dem jüdischen Jungen aus Lublin, dessen Facebook-Account zum Gedenken an den Holocaust angelegt worden war und die halbe Welt zu Tränen rührte. Hätte es nicht die Gaskammern von Majdanek gegeben, wäre der Junge im März achtzig geworden. Das Foto von ihm als schwarzhaariger Sechsjähriger war überall: auf Lightboxen, auf Plakaten, auf Graffiti an Hauswänden. Sonja fürchtete sich vor ihm. Er trug kurze Hosen, hatte dunkle Augen und auf dem Graffiti an der Hauswand sah er besonders tot aus.

„Davon wird mir schlecht", sagte Sonja.

„Und warum?", fragte Kai.

„Na, weil er tot ist. Ich esse hier und sitze in der Sonne, und er ist tot und hat keine Sonne."

„Ich könnte dir was sagen, wovon dir noch mehr schlecht wird, oder was, wovon dir besser wird. Was willst du hören?"

„Zuerst das erste, dann das zweite", entschied Sonja, „erst schlechter, dann besser, so rum ist es netter."

„Also hör zu", sagte Kai, der ihre gierige Wahl lobte, „ich habe hunderte und tausende Menschen gesehen, die verzweifelt auf den Tod warten, aber nicht sterben können. Sie, diese Menschen, beten. Gott, sagen sie, wenn es dich tatsächlich gibt auf der Erde oder im Himmel oder wo auch immer, dein Name sei hell oder heilig, aber dein Himmelreich ist uns – mit Verlaub gesagt – schnurz, dein tägliches Brot kannst du dir sonst wohin stecken, unsere Schulden haben wir zehnfach zurückgezahlt und noch ein paar unversteuerte Freibeträge dazu, aber nach allem zu urteilen, schert sich hier auf der Erde kein Mensch um uns, einige dich mit dem Teufel und schick uns endlich das letzte Amen, uns kann keine Versuchung mehr locken. Und trotzdem sterben sie nicht. Kennst du solche?"

„Nicht persönlich", meinte Sonja leise.

„Aber ich. Was bei ihnen schief läuft, also in ihrem Leben oder in ihrem Inneren, das ist eine andere Frage, aber denen geht es hier nicht gut, und sie können nicht abtreten. Henios Ende in der Gaskammer war furchtbar, aber weder du noch ich wissen, wo der kleine Henio in Wirklichkeit ist und wie es ihm dort geht", sagte Kai.

Dann redeten sie noch eine Weile darüber, wie unangenehm es Sonja war, dass es so viele Menschen auf der Welt gab, die leiden mussten, wogegen sie jetzt ans Shoppen dachte, Kai jedoch überzeugte sie, dass alles auf der Welt irgendeinen Sinn hatte, und wenn du Lust hast, shoppen zu gehen, dann mach das, genauso wie alle anderen Dinge, die dir Spaß machen, denn keiner kann sagen, was dich in nächster Zukunft erwartet. Sonja stimmte ihm zu, und sie bummelten durch die Läden, kauften lange, luftige Kleider, winzige, bunte Tassen und hauchdünne Unterwäsche für

Sonja. Sie probierten Sex in der Umkleidekabine, was nicht so recht klappte. Aber ihre Laune besserte sich trotzdem.

Der Weg nach Deutschland führte sie über Naturschutzgebiete, in denen niedrige Tannen und duftende, violett blühende Kräuter wuchsen. Sonja war müde, Kai hielt an. Lange lief sie durch das raschelnde Gras und hielt nach Eidechsen und bösen Geistern des Frühsommers Ausschau. Eidechsen gab es viele.

„Hast du Wunder dabei?"

„Jetzt nicht", sagte er, „aber wir sind in einem Auftrag unterwegs."

„Ein Auftrag für ein Wunder?", fragte Sonja ungläubig.

„Ja, natürlich. Heutzutage zahlen die Leute nicht für ein x-beliebiges Wunder", erklärte er ihr, „es muss schon etwas Maßgeschneidertes sein."

„Hört sich irgendwie traurig an", fand Sonja, „man denkt sich ein Wunder aus, das es eigentlich gar nicht gibt. Wofür bezahlt man dann? Und wofür lebt man eigentlich?"

„So ein Wunder gibt es nicht", sagte Kai gelassen. „Alles, was sich jemand ausgedacht hat, gibt es auch. Vor allem, wenn es ein Wunder ist."

Er setzte Sonja in das violette Gras neben sich und fing an zu erzählen.

„Ein sehr unglücklicher, isolierter alter Mann ..."

„In Katowice?"

„In Katowice. Hat mir jahrelang von einem Wunder erzählt, das mit ihm geschehen sollte. Ich habe ihn für verrückt gehalten. Alle Gastarbeiter haben ihn für verrückt gehalten, aber er war ohnehin so isoliert, dass ihn keiner weiter beachtet hat. Er hätte eines Morgens Ziegenmilch trinken und sich in einen braven Hund verwandeln sollen. Jahrelang habe ich das gehört. Stell dir das mal vor. Da wirst du gleich selbst zu einem Hund oder zumindest verrückt. Der Mann war vor langer Zeit wegen der Arbeit von seiner Familie weggegangen, seine Angehörigen haben schon gar nicht mehr an ihn gedacht, da hatte er einen Arbeitsunfall und das Leben eines braven Hundes ist ihm viel erstrebenswerter als sein eigenes erschienen – was der Wahrheit wohl ziemlich nahe gekommen ist. Dann habe ich von einer alten Frau gelesen, die in der Nähe von Tiraspol lebt und deren blinder Mann und buckeliger Sohn verschollen waren. Das Foto aus der polnischen Zeitschrift ist mir lange Zeit nicht aus dem Kopf gegangen: Die gut genährte Alte auf dem Foto trägt keineswegs Trauer, sie sitzt vor ihrer bescheidenen geweißten Hütte und schaut beinahe triumphierend in die Kamera, zu ihren Füßen liegen zwei brave Hunde. Ich weiß nicht, wie ich das erklären soll, aber mir ist sofort klar gewesen, dass es sich bei den zwei Hunden um die beiden handeln muss. Ich habe die Alte ausfindig gemacht, sie überredet, mir ihre Ziege zu verkaufen und sie mit nach Katowice genommen. Die Ziege, nicht die Alte. Ich erspare dir die Einzelheiten, was für eine Tortur das Melken gewesen ist. Es ist ein fetter, verspielter Hund rausgekommen, alle wollten ihn anfassen und streicheln, ich weiß gar nicht, warum, das ist doch unhygienisch. Ich habe kein Problem mit dem Hund gehabt. Als er schließlich rundum glücklich gestorben ist, habe ich meine Schlüsse gezogen."

„Und welche?", fragte Sonja.

„Dass sich damit Geld verdienen lässt."

Violetter Dämmer stieg aus dem Gras auf. Es war Zeit, sich wieder auf den Weg zu machen. Sonja schwieg lange und dachte nach, während sie Kai um die warme, feste Hüfte umfasst hielt. Dann schlief sie ein und wachte erst in Berlin wieder auf.

In Berlin fiel die Nacht von Freitag auf Samstag aus. Während Kai und Sonja durch die Straßen fuhren, begann die zweite Ebene des Tages – der Überbau, der an die Reihe kommt, wenn man nach der Arbeit zu Abend gegessen, geduscht, ein bisschen geschlafen und sich umgezogen hat und vorbereitet ist auf die Party von Freitagabend bis Montagfrüh oder wie es sich gerade ergibt. Dünne Mädchen mit grellem Lippenstift, der nicht nur die Lippen zierte, in schweren Turnschuhen und langen T-Shirts, Jungs in engen Hemden, mit Fuchskrägen und hohen Absätzen, ältere, beleibte Männer mit Perlenketten, großen Ohrringen und Schoßhündchen im Arm, ergraute Frauen in bodenlangen Kleidern und mit schwarzen Mündern, türkische Familien, Radler, fitte, lärmende amerikanische Sprachschüler, Inder mit Turbanen, kleine Asiaten und Menschen auf Stelzen strömten aus schmalen Gassen auf breite Straßen, überquerten bei jeder beliebigen Ampelfarbe die Kreuzung, lachten laut, tranken aus Flaschen, die in Papiertüten steckten, kauften Döner, rauchten unterwegs und vor Kneipen, Restaurants und Klubs. Ringsum schaukelte gelbliches, natürliches Licht und in ihm schwangen Rauch, Stimmen, Lachen und Musik.

„Und wo kommen wir unter?“, fragte Sonja, die aufgewacht war und sich umschaute. Sie fuhren gerade über die Oberbaumbrücke und hatten das alte Industriegebiet am Bahndamm hinter sich gelassen. In den ehemaligen Speichern, Werkhallen und all den anderen eigentlich nicht für Vergnügungen vorgesehenen Gebäuden tobte das Berliner Nachtleben – Klubs, Säle mit allen möglichen Spielen, die nicht immer ungefährlich waren, kleine Musikbühnen, Plätze, wo man billig und gut trinken, Kicker spielen, etwas Lebenswichtiges oder jemanden kaufen oder verkaufen, wo man tanzen, über das Leben sinnieren oder es sich irgendwie anders nett machen konnte. Lange, laute Schlangen wanden sich vor schwarzen, unscheinbaren Türen und Toren – dort waren die angesagtesten Berliner Etablissements, die teuersten DJs, die geschicktesten Barkeeper, die schönsten Menschen, die tiefste Dunkelheit, die besten Drogen.

„Ich will dich nicht enttäuschen", sagte Kai, „wenn ich das turbulente Leben hier sehe, möchte ich am liebsten auf der Straße leben. Aber wir ziehen zu den Fischen."

„Im Ozeaneum?", fragte Sonja.

„So könnte man es auch sagen."

Im Hotel auf der Karl-Liebknecht-Straße wohnte eine ganz andere Klientel: Normalos, begütert, schick angezogen, teils langweilig, teils so aufregend, dass einem der Atem stockte. Die nackten Schultern und Rückenpartien, die gebügelten Hemden, gebräunten Gesichter, gleichmäßigen Stimmen und glitzernden Schmuckstücke gehörten nicht denen, die nachts Döner und Thaisuppen kauften, sommers am ehemaligen Flugplatz gärtnerten, in U-Bahn-Stationen tanzten, auf klapprigen Fahrrädern fuhren und in kleinen Galerien ausstellten. Diese Bewohner und Gäste der Stadt, die am Freitagabend auch irgendwohin gingen, waren ein anderes Berlin, das Sonja bislang nicht kannte. Vielleicht, dachte sie, gehörten ihnen in Wirklichkeit die Gebäude und Werkhallen, die die Hausbesetzer in Beschlag genommen haben, vielleicht waren sie es, die großzügig darüber entschieden, ob für Künstler, Maler oder Alkoholiker ein neues Domizil geschaffen, eine kleine Insel der Freiheit oder

Ausschweifung freigegeben wurde, zu der die Leute in den Fuchskrägen und langen T-Shirts wegen der niedrigen Preise und der globalen Anonymität aus aller Welt pilgerten. So wie Sonja. Natürlich hob sie sich von ihren neuen Mitbewohnern etwas ab, aber sie fand Gefallen daran, mit ihnen hier zu wohnen.

Die Leute waren nicht das interessanteste. Während Kai jemanden begrüßte und mit einer Superschönheit an der Rezeption alles aushandelte, stand Sonja reglos im Foyer, den Kopf nach oben gerichtet, und gut aussehende Leute liefen gemächlich an ihr vorbei, ohne sie zu beachten. Ein Aquarium, viel zu groß für das mehrstöckige, aber relativ kleine Haus, ragte neben ihr in die Höhe und verschwand oben im unbeleuchteten Raum. Die trägen Fische hingen in den Algen oder schwammen im Kreis. Manche waren so groß wie Sonja, andere klein und flink – sie wuselten durch die Korallen oder versteckten sich in den Höhlen und Vertiefungen der Basaltsäulen.

Dann fuhren Kai und Sonja durch die Fische in einem gläsernen Fahrstuhl, der im Inneren des Aquariums installiert war, nach oben. Kai liebte die obersten Stockwerke.

„Willst du heute weggehen?", fragte Kai.

„Bleiben wir länger in Berlin?"

„Nein", sagte er, „bis Sonntag."

„Und dann?"

„Das sehen wir am Sonntag."

„Dann will ich heute nicht weggehen. Ich setze mich hin und schaue dich an", meinte sie lächelnd.

„Gut", sagte Kai, „morgen wird ein langer Tag."

Sonja musste Kai nicht ins Ohr pusten – er träumte auch so von lauter Wundern, die sich gut verkaufen ließen, und von Abenteuern, die sich einfach ergaben. Er atmete tief und gleichmäßig. Sonjas Augen waren an die Dunkelheit gewöhnt, sie beobachtete, wie seine zarten Nasenflügel bebten und die Augäpfel unter den feinen Wimpern den unsichtbaren Bewegungen folgten. Draußen vor dem Fenster lagen die Domkuppel und der Fluss, erleuchtete Straßenzüge, Kreuzungen, ein Park, historische Gebäude und andere Sehenswürdigkeiten. Vor der Tür schwammen leise die Fische. Sonja hatte fast den ganzen Tag im Auto geschlafen – jetzt war sie putzmunter.

Abgekühlt nach dem gemächlichen Sex, schlüpfte Sonja mit gedämpftem Herzschlag in den Hausmantel und betrat die halbdunkle Hotellobby. Das Aquarium kam ihr wie ein Drei-Liter-Einmachglas vor. Als Kind hatte Sonja in genau so einem Glas Fische, leuchtende Algen und braune Schnecken gehalten, die sich in kleinen schwarzen Pünktchen vermehrten, und wenn man sich diese Tupfer unter dem Vergrößerungsglas ansah, waren es plötzlich kleine Schnecken mit einem durchsichtigen Gehäuse. Zuerst vermehrten sich die Schnecken und fraßen die Guppys, dann triumphierten die Algen über die Schnecken und wucherten, zum Schluss besaß Sonja nur noch ein Glas mit grünem Wasser voller Algen.

Von der glockenhellen Hotelstille und dem reinen Dunkel vor Tagesanbruch riss Sonja das Herz. In dem Aquarium bei den Fischen lebten offenbar zwei Taucher. Jetzt putzten sie mit gelben Wischlappen von innen die Scheiben. Ein großer buckeliger Fisch kam an einen Taucher herangeschwommen, wurde auch geputzt und schwamm weiter. Dann entdeckte ein Taucher Sonja und winkte ihr mit dem Lappen zu.

Sonja musste daran denken, wann man von Fischen träumte. Eigentlich tat sie das nie, aber wie sollte sie es Kai beibringen? Sonja versuchte sich vorzustellen, dass in ihr ein Aquarium mit einem einzigen Fisch stand, aber das Bild wurde unscharf – Sonja spürte nichts. Sie wollte zu Kai zurückkehren, ihn umarmen und sich still freuen, dass er noch da war. Und glauben, dass er für immer bleiben würde. Und das tat Sonja auch.

Die Leute, mit denen Kai sich verabredet hatte, erinnerten an Schauspieler, Kaskadeure, Märchen- oder Filmfiguren, an Patienten aus einer Irrenanstalt oder an eine Mischung aus allem. Sonja saß den ganzen Tag hinter dem Lenkrad. Kai hatte ein Navigationssystem gekauft und es mit einer Adressliste gefüttert. Immer steuerten sie Kreuzungen oder Nebenstraßen an, bereits beim dritten Mal erriet Sonja, wer auf Kai wartete. An der angegebenen Adresse stand immer jemand, der sich sogar vom üblichen Berliner Publikum abhob. Eine Frau mit einem Bart, einem richtigen, echten Bart, gestikulierte wild, beugte sich zu Kai hinunter, trieb ihn immer ein Stück weiter zurück. Später sagte er, sie träte für die Gründung einer Gewerkschaft ein.

„Und was will sie mit der Gewerkschaft erreichen?", fragte Sonja.

„Eine genaue Tätigkeitsbeschreibung und eine Legalisierung der Aktivitäten, das ist vollkommen unmöglich – das erste und das zweite sowieso. Deswegen ist ihr ein Bart gewachsen", fügte Kai hinzu. „Weil sie das Unmögliche wollte. Manchmal will einer das Unmögliche – und er bekommt es auch, aber eben nicht da, wo er es sich vorgestellt hat, sondern zum Beispiel am Kinn."

Auf einer der Straßen, in denen Lola rennt, war Kai mit einer jungen rothaarigen Frau in schweren Stiefeln verabredet. Das Gespräch war sehr kurz.

„Wie heißt sie?", fragte Sonja.

„Rate mal."

Sonja dämmerte, warum Kai Kai hieß, denn alle, mit denen er sich traf, hatten auch erfundene Namen, so wie Lola. Sogar in all seiner Tapferkeit erinnerte er dank seiner gut proportionierten, hellen Gestalt ein bisschen an den Jungen aus der *Schneekönigin*. Der Eindruck verblasste allerdings etwas, als Kai vor dem Treffen mit einem kleinen Latino mit dünnem Schnauzer und Cowboystiefeln eine schwere Makarow unter dem Sitz hervorzog und sich in den Gürtel schob.

„Wozu das?", fragte Sonja entgeistert.

„Pepe ist ein Hitzkopf", erklärte Kai kurz. „Und zudem misstraut er allen."

Pepe war der einzige, der Sonja mit Blicken durchbohrte, während er mit Kai sprach. Sie zwang sich, nicht zu ihm hinüberzuschauen, spürte aber, wie Pepes schwarze Augen über ihren Hals, den Rücken und durch die Haarsträhnen glitten.

„Genug für heute", sagte Kai, als er ins Auto zurückgekehrt war. „Du ruhst dich besser aus. Und ich erledige den Rest."

Sonja führte das auf Pepes lüsterne Blicke zurück und war ganz erleichtert.

„Hast du noch viel? Sind das alles Bestellungen?"

„Nein", sagte Kai. „Wir tauschen einfach ... wie soll man das sagen ... wir tauschen Informationen aus. Manchmal findet einer was, was bei einem anderen bestellt wurde, dann ist es fair, die Sache abzugeben. Und wenn das aus persönlichen Gründen nicht geht – weil eben manchmal alles an der Person des Ausführenden hängt – dann ist es fair, von der Bestellung zurückzutreten."

„Und machen das alle?" Sonja war begeistert von der Berufssolidarität.

„Nein", sagte Kai.

Hätte Kai nichts zu tun gehabt, wäre er nicht unterwegs gewesen, dann wäre das nicht passiert. Mit ihm hätte sich alles gefügt. Mit ihm klappte immer alles und ging immer alles glatt. Außerdem hatte er eine Pistole, das versetzte Sonja in kindliche Aufregung und Freude. Als im Trubel des Samstagabends plötzlich Louis auftauchte, dachte sie, Kai würde ihn erschießen, obwohl er das natürlich nicht tun würde. Aber der Gedanke verschaffte ihr Erleichterung.

„Hallo", sagte Louis.

„Hallo", sagte Sonja und lächelte furchtbar gezwungen. Dabei hatte sie natürlich versucht, möglichst ungezwungen zu lächeln.

„Hallo", sagte das Mädchen, das Louis an der Hand hielt.

„Sonja, Renata", stellte Louis die beiden vor.

„Renata, auch das noch. Hallo, Renata."

„Hallo", wiederholte Renata nervös.

„Was machst du denn hier?", wollte Louis wissen.

„Und du?", gab Sonja zurück.

„Ich störe euch doch hoffentlich nicht?", fragte Renata.

„Nein", sagte Louis.

„Nur ein bisschen", antwortete Sonja.

Dann setzten sie sich zu zweit an einen der Tische auf der Straße vor dem Café.

„Hast du mir nichts zu sagen?", fragte Sonja.

„Es tut mir leid", sagte Louis und schaute sie an. Diese Augen – die Form, die Farbe, die kleinen Fältchen, die Augenbrauenlinie – zerrissen ihr das Herz.

„Ich liebe dich wirklich nicht mehr. Ich wollte mich nicht verabschieden."

„Warum bist du in Berlin?"

„Ich arbeite hier weiter an meinen Forschungen", sagte Louis. „Außerdem ist das Leben hier günstig, lustig und ich habe es nicht so weit bis nach Hause. Und Renata ist hier."

„Wer ist das eigentlich, diese Renata?"

Louis senkte den Blick.

„Wir haben uns im Flieger kennengelernt", sagte er. „Ist schon lange her. Sie fliegt oft in die Ukraine."

„Lange her?", fragte Sonja.

„Sonja", sagte Louis, „ich habe dir nie etwas versprochen. Hatten wir Spaß? Wir hatten doch Spaß, oder? Du hast nie Fragen gestellt. Und ich auch nicht. Warum kann es nicht einfach so locker zu Ende sein, wie wir zusammengelebt haben?"

Manchmal muss man einfach mutig genug sein, um rechtzeitig Fragen zu stellen, dachte Sonja, das gibt den Dingen von Anfang an eine gewisse Ordnung.

„Ich hab immer gedacht, dass wir mehr haben als nur Spaß." Als sie das ausgesprochen hatte, kamen ihr plötzlich Zweifel an dem Gesagten.

„Bist du allein hier?", fragte Louis.

„Nein", sagte Sonja und lächelte. „Nein, bin ich nicht. Bist du etwa nur mit mir zusammen gewesen, weil das bequemer war, Louis?"

„Natürlich nicht", antwortete er und nahm Sonjas Hand. „Ich war mit dir zusammen, weil du wundervoll bist, und auch, um nicht allein zu sein. Du etwa nicht? War es nicht so, dass du nicht einsam sein wolltest?"

Vorher war ich nie einsam, dachte Sonja, aber laut sagte sie: „Doch. So war es. Das ist bei allen so."

Sonja hatte keine Fragen mehr. Der Fahrstuhl glitt sehr langsam durch das Aquarium. Sie versuchte sich Louis einzuprägen, so gut sie konnte – als würde sie mit der Abspeicherung der Erinnerung die Angelegenheit endgültig abhaken. Louis hatte darin einen festen Platz, in der Rubrik „Gewesen" oder eher „Ach ja, gewesen", und damit war die Sache für Sonja erledigt. Sie wollte so schnell wie möglich zu Kai, seine Abwesenheit spürte Sonja beinahe körperlich – sie war süchtig nach ihm, wie man eben nach bestimmten Dingen süchtig war, nach kleinen Schokoladentafeln mit Marzipanfüllung zum Beispiel.

„Warst du einsam, Kai?“, fragte Sonja, als sie noch in der Tür stand.

„Wann?“

„Als du mich angehupt hast, auf der Schnellstraße, an der Grenze.“

„Nein“, sagte Kai, „ich war einfach geschäftlich unterwegs.“

Am nächsten Morgen fuhren sie in den Mauerpark. Sonja glitt mit dem Fahrstuhl zwischen den Fischen hinab, hinauf und wieder hinab und hielt nach ihrem Freund, dem Taucher, Ausschau. Aber er war nicht da. Auf dem Markt beim Mauerpark wurden gestohlene Fahrräder, Telefone, Vögel, Bier, indische Suppen in Plastikbechern und anderes Ethno-Food verkauft, das mit Ethno-Music gewürzt wurde. Die Beschallung war grauenvoll – jede erdenkliche Musik aus verschiedenen Richtungen zur gleichen Zeit. Auf der Wiese neben dem Stadion tummelten sich junge Leute aus aller Herren Länder. Kai und Sonja verfolgten einen Karaoke-Sänger, der sich redlich bemühte, das Publikum mit seinen Ethno-Songs in den Wahnsinn zu treiben. Die Leute aßen Eis, rauchten, grillten Würstchen, spielten Gitarre, Oboe, Frisbee, Badminton, Fußball und „Find das Kind, das schnell und wortlos wegkrabbelt“. Eines dieser Kinder war zu Sonja gerobbt und hatte sich an ihrer Wade hochgezogen. Ein kleines Mädchen, dreck- und grasverschmiert, schaute Sonja fragend, ja vorwurfsvoll an, und je länger es sie anschaute, umso mehr verschlechterte sich Sonjas Laune. Du musst Kai noch was beichten, schienen die Augen des Mädchens zu sagen, vergiss das nicht.

„Alles in Ordnung?“, fragte Kai. „Magst du keine Kinder?“

„Lass uns gehen, es ist so laut hier“, sagte Sonja und freute sich, dass eine zierliche Mutter sich lächelnd das Kind schnappte und in Richtung des Karaoke-Sängers davontrug. Gleich darauf sagte Sonja: „Nein, vielleicht nicht.“

„Hast du Kinder?“, fragte er plötzlich.

„Nein.“

„Und willst du welche?“, wollte Kai wissen.

„Ja“, sagte Sonja irgendwie betrübt.

Das Wertvollste, was auf dem Markt am Mauerpark verkauft werde, seien alte Fotos, Dias und Möbel, sagte Kai. Die Möbel konnten den unterschiedlichsten Menschen gehört haben, die womöglich berühmt gewesen waren, ganze Geschichten hatten sich auf den Möbeln abgespielt, die Fotos und Dias machten alles sichtbar – die Menschen und manchmal auch die Geschichten. Alles andere wäre Schund.

„Aber es gibt Dinge, die wertvoll sind oder einfach nur schön, bei denen die Menschen und die Geschichten, die sie erzählen, keine Rolle spielen“, versuchte Sonja zu widersprechen.

„Vielleicht gibt es die“, sagte Kai, „obwohl ich glaube, dass von den Geschichten die meiste Faszination ausgeht. Aber auch wenn du Recht hast, du wirst diese Dinge hier nicht finden. Glaub mir.“

Der Mann, den Kai suchte, verkaufte Schund der höchsten, das heißt der niedrigsten Kategorie. In Pappkartons lagen halbleere Garnrollen, schmutzige Tennisbälle, Alulöffel, alte Fernbedienungen, Glaskugeln, kleine Tischhündchen aus Emaille, angeschlagene Tassen, gebrauchte, klebrige Lippenstifte, und die Flohmarktbesucher wühlten freudig darin herum. Alles für einen Euro. Der Mann begrüßte Kai zurückhaltend.

„Schaust du kurz?“, fragte der Mann Sonja. Beflissen und verantwortungsbewusst beaufsichtigte Sonja den wertlosen Kram, während Kai mit dem Mann verschwand. Schnell war er wieder zurück.

„Fahren wir?“, fragte er.

„Und das alles?“, wollte Sonja wissen.

Kai sah sich suchend nach dem Mann um, aber der kam nicht zurück.

„Wer braucht das schon.“

„Kann ich dann die Glaskugel nehmen?“, fragte sie.

„Was willst du denn damit?“

„Sie in der Hand halten. Sie ist angenehm kühl.“

„Ach, lass das“, sagte Kai, und Sonja hätte bemerken können, dass sich seine Laune wegen der Glaskugel ebenso verschlechtert hatte wie zuvor ihre wegen des Kindes. Es hatte eben jeder so seine Geheimnisse. Aber es war Sonja entgangen.

„Du machst Witze“, sagte Sonja und versuchte zu erraten, wo sich der Ort befand.

„Nein. Es gibt nur eine einzige Bestellung, also habe ich keine Wahl. Es wird dir gefallen. Dort ist das Meer. Und ein See.“

„Und was für eine Bestellung ist das?“

„Nichts Besonderes“, sagte Kai, „das ewige Leben. Das wird am häufigsten bestellt.“

„Gibt es das denn?“, fragte Sonja ungläubig.

„So viel du willst“, meinte er. „Aber ich würde es nicht empfehlen.“

„Und warum fahren wir dann hin?“

„Vierhunderttausend Euro“, sagte Kai kurz.

Je genauer Sonja Kai kennenlernte, desto besser gefiel er ihr.

„Nehmen wir das Auto?“, wollte sie wissen.

„Das dauert zu lange. Wir müssten über Prag, Graz, Zagreb und Sarajevo fahren.“

Sonja hätte das nicht schlimm gefunden. Sie liebte lange Autofahrten, besonders durch solche Orte – allein von den Namen Zagreb und Sarajevo riss ihr Herz.

„Wichtige Dinge muss man zügig erledigen“, sagte er.

Der nächste Flug nach Tirana ging erst am darauffolgenden Tag.

„Wir fliegen nach Podgorica“, erklärte Kai, „und von dort fahren wir an den See. Die Grenze verläuft mitten durch ihn, ich habe dort Bekannte.“

„Grenzer?“, fragte Sonja und erinnerte sich daran, wie sie vor ein paar Tagen mit Pu und Po die Grenze überquert hatte. Was sie jetzt wohl machten? Ob sie böse auf Sonja waren? Wie es ihnen wohl ging?

„In gewissem Sinne ja“, antwortete Kai.

Der See war groß, hell und von grünen Bergen umgeben. Alte Boote schaukelten an einem hölzernen Steg, ein Restaurant schmiegte sich an einen schmalen Felsvorsprung. Hier legten alle, die mit dem Auto vom Flughafen kamen, eine Pause ein, um die ersten Fotos zu schießen. Der Platz lockte Touristen an und beheimatete mehr als 260 verschiedene Vogelarten.

„Und der letzte Pelikan“, sagte der Junge im Ruderboot mit Nachdruck in schlechtem Englisch zu Sonja.

„Was ist mit dem letzten Pelikan?“, fragte sie.

„Der lebt hier“, antwortete er und zeigte auf den See.

Durch den See verlief die Grenze, es war der einfachste Weg nach Albanien. Von dort sollte Kai für vierhunderttausend Euro das ewige Leben importieren. Im Flugzeug hatte er Sonja kurz erklärt, wie das Geschäft funktionierte – es war nichts Übersinnliches dabei. Der Dienstleister kannte den Auftraggeber grundsätzlich nicht. Das beugte Reklamationen vor. Der Vermittler erhielt eine Kommission in Höhe von dreißig Prozent – hauptsächlich dafür, dass auch der Auftraggeber den Dienstleister nicht kannte. Das wiederum sicherte die vierte, am wenigsten geschützte Seite ab – denjenigen, dem das Wunder eigentlich gehörte. Manchmal wurden die neuen Besitzer eifersüchtig und verlangten, alle Spuren des Wunders zu vernichten. Kai versuchte, gefährliche Wunder zu meiden, obwohl sich jedes Wunder irgendwann als gefährlich erweisen konnte.

„Das ewige Leben, was wäre, wenn Stalin das bekommen hätte?", fragte Sonja.

Kai lachte.

„Er hat es doch bekommen", sagte er. „Das ewige Leben ist nicht immer ein Wunder, manchmal ist es einfach eine traurige Gesetzmäßigkeit, etwas, das sich aus einer bestimmten Handlungsabfolge ergibt."

Ganz zu Anfang war Kai einmal in ein krummes Ding verwickelt. Es ging dabei um ein afrikanisches Wiegenlied, es entstand und verschwand und richtete weiter keinen Schaden an, abgesehen davon, dass es die Aufmerksamkeit eines amerikanischen Autors erregte, aber vielleicht war genau das das Wunder. „Manchmal", sagte Kai, „ist das Wundersame nämlich genau da, wo man es nicht erwartet."

Das lange Boot mit dem alten Hängemotor und dem löchrigen weißen Segel konnte kaum an einem Ort liegen, geschweige denn auf einer vorgegebenen Route fahren.

„Ist das das richtige Boot für uns?", fragte Sonja zweifelnd.

„Das ist das Boot, das man uns überlassen hat", sagte Kai, „wirst du seekrank?"

„Nein, ich nehme sogar manchmal an Regatten teil."

„Ich wollte mich gerade davon überzeugen, dass du das nicht machst."

„Warum?", fragte sie verständnislos.

Kai strich Sonja über den Kopf und küsste sie auf die Stirn. Sie umarmten sich und schauten auf den See, dahin, wo am gegenüberliegenden Ufer in einer hellblauen Sichel die albanischen Berge aufragten.

„Macht dir das nicht Angst?", wollte Kai wissen.

„Dreißig Kilometer bis nach Albanien?"

„Mein Leben. All diese Dinge, Leute, Seen, Auftraggeber?"

„Nein", sagte Sonja. „Es ist merkwürdig, aber es passt schon, solange ich darin einen Platz habe."

„Los, jetzt erledigen wir dieses ewige Leben, und dann leben wir mal ein Weilchen ganz normal. Fahren ans Meer."

„Ja, gerne", willigte Sonja ein.

Der Motor tuckerte gleichmäßig, aber so richtig kamen sie nicht voran. Allzu langsam glitt das Boot durch den See, die Berge am anderen Ufer schienen sich nur noch weiter zu entfernen. Das hohe Schilf am Ufer war immer noch zu sehen, von dort flogen von Zeit zu Zeit seltene Vögel auf, sicher stand irgendwo da auch der letzte Pelikan. Die Sonne sank bereits, sie brannte nicht, sondern kitzelte sanft, der Schatten des Segels schwamm neben dem Boot. Kai und Sonja lagen im Boot und atmeten den Geruch des alten Holzes und des Süßwassers. Es war sehr warm. Manchmal öffnete Kai die Augen und prüfte, ob das Steuer richtig festgezurrt war. Der Himmel über dem See war so blau, dass das Herz riss.

Das ist das Leben, dachte Sonja und hielt die Luft an, um ihren Atem an Kais Atemrhythmus anzupassen. Wer hätte gedacht, dass mir das passieren würde. Davon, dass das ewige Leben Mühe oder gar vierhunderttausend Euro kostete, würde sie jetzt kein Mensch der Welt mehr überzeugen. Nicht einmal Kai. Wenn es so angenehm war, warum konnte es nicht immer so weitergehen? Jetzt sah sie alles wieder in gutem Licht. Sollte Kai erstmal seinen Auftrag ausführen, dann würde sie ihm schon alles erzählen, und sie würden entscheiden, wie es weiterging. Ein kleiner Rest von der Woche, die sich Sonja im Beisein von Katja und Nastja – und in gewisser Weise auch von Eteri – gegeben hatte, war noch übrig.

Als würde Kai ihre Gedanken erraten, legte er ihr die Hand auf den Bauch. Sie zuckte zusammen.

„Hast du geschlafen?"

„Ja", sagte Sonja, korrigierte sich aber gleich darauf. „Nein, aber vielleicht war ich am Einschlafen."

„Willst du schwimmen?", fragte er und stellte den Motor ab. „Wir müssen sowieso die Dunkelheit abwarten."

„Warum das?"

„Auf dem See gibt es keinen Grenzübergang. Formal gesehen überqueren wir die Grenze illegal."

„Ist das denn nötig?", fragte Sonja.

„Das ist näher", sagte Kai. „Und wahrscheinlich hast du noch nie so eine Grenze überquert, hab ich Recht?"

„Ich dachte", sagte Sonja, „dass es das gar nicht mehr gibt. Dass so was nur noch Verbrecher und irgendwelche Funktionäre machen."

Kai lachte laut.

„An eurer Westgrenze machen das gebräunte Frauen mit roten Marlboro-Stangen, die sie sich unter die

Kleidung stecken, und Frauen mit wasserstoffblonden Haaren und roten abgekauten Nägeln, die sich Flaschen von selbstgebranntem Kognak umbinden wie Selbstmordattentäter Sprengstoffgürtel. Oder grimmige Männer mit Säcken voller Bohnen und Literflaschen Selbstgebranntem, manchmal sogar Kinder und alte Leute mit irgendwelchem komischen Kram, den sie für zu wertvoll halten, um ihn selbst zu behalten. Und das seit vielen Jahren."

„Und haben sie das nötig?", fragte Sonja.

„Keine Ahnung", sagte Kai. „Es ist ihr Leben. Das ist mehr als eine Notwendigkeit. Manchmal denke ich, wenn man ihnen die Grenzgänge mit Zigaretten und Selbstgebranntem verbieten würde, würden sie sich nicht mehr vom Fleck rühren und den Blick verbissen auf die andere Seite der Grenze richten. Und die Beamten könnten sich ihre ganzen Warnungen sparen – es käme einfach niemand mehr, weil diese tödliche Schwermut unerträglich ist."

„Das sind besondere Leute", versuchte Sonja einen Einwand.

„Alle Leute haben etwas Besonderes. Du hast sie nur noch nicht alle gesehen."

Als es dunkel geworden war und Nebel sich über den See senkte, hob Kai den Motor heraus. Jetzt bewegten sie sich rudernd weiter, ganz langsam, in vollkommener Stille. Der See glänzte, das Wasser war beinahe spiegelglatt und der Himmel so schwarz, dass er mit den umliegenden Bergen in gleichförmiger Dunkelheit und Stille verschmolz. Sonja hörte das einsame Plätschern und Kais rhythmisches Atmen.

„Wenn wir uns nicht bewegen, sieht uns keiner", sagte Kai. Es war allerdings auch niemand da, der sie hätte sehen können. Wahrscheinlich hatte sich sogar der letzte Pelikan schon seine Vogelträume aus der Nacht gepickt und schaukelte auf dem stillen Wasser.

Plötzlich hallte ein leises Tuten durch die Nacht, südlich tauchten schimmernde Lichter auf. Zwei Kutter fuhren auf der Grenzlinie über den See.

„Das machen die Grenzer alle paar Stunden“, sagte Kai und schmiegte sich neben Sonja ins Boot. „Es passiert nichts, wenn sie uns sehen, sie saugen uns höchstens das Gehirn aus. Bildlich gesprochen natürlich. Wir machen nichts Verbotenes und wir haben auch nichts Verbotenes dabei. Hast du Angst?“

Sonja hatte Angst. Die Boote blinkten blau. Es sah aus, als würden ständig kurze Blitze die Nacht durchzucken. Ein dicker, träger Scheinwerferstrahl kroch auf der Grenzlinie entlang. Er kam aus einem der Boote. Diese Erregung, die die Strahlen in die Luft stießen, ließ Sonjas Herz reißen. Kai drückte sie fest an sich und küsste sie leidenschaftlich. Sonja schloss die Augen, fühlte aber immer noch die Luft unter den Blitzen erzittern und unter dem tiefen Ton der schweren Motoren auf den Grenzbooten anschwellen. Die Kutter schlugen Wellen, das Boot schaukelte. Sie bewegten sich im Gleichklang mit den Wellen, wurden schneller, je näher die Kutter rückten. In den blauen Blitzen sah Sonja Kais angespanntes Gesicht und den schwarzen Himmel. Als der Motorlärm am lautesten war und die Wellen am höchsten, kamen sie und verharrten in den schwächer werdenden Lichtstößen, bis die Boote sich wieder entfernt hatten.

„War’s das jetzt mit den Grenzern?“, fragte Sonja, stemmte sich hoch und knöpfte sich die Bluse zu. Augenblicklich hielt Kai ihr den Mund zu, drückte sie an sich und befahl ihr zu schweigen.

Das Dunkel füllte sich mit Geräuschen. Ruderblätter glucksten, Wasser plätscherte, Holz quietschte, leise klirrte Metall und – was das Schlimmste war – unregelmäßiger und gedämpfter Atem war zu hören. Sonja stellte sich vor, wie Ertrunkene dem See entstiegen: osmanische oder byzantinische Reiter oder vielleicht noch viel ältere römische Legionäre, die alle in dieser Gegend Krieg geführt hatten, manche erfolgreich, andere weniger. Sie kamen keuchend von allen Seiten über den See gelaufen und steckten bis zum Hals im Nebel, trugen schwere Rüstungen, die Lungen prall gefüllt mit Algen und Blutegeln wie Wassersäcke. Wie ein Pelikan flog ein großer weißer Engel dicht über das Boot hinweg in Richtung Albanien und verschwand im Dunkeln. Während er flog, erstarb jede Bewegung, aber sobald er fort war, kamen das unsichtbare Glucksen, Quietschen und Atmen zurück.

Kai ließ Sonja los und schaute in die Nacht wie auf eine schwarze Leinwand. Sonja tat es ihm gleich, sie fühlte sich etwas sicherer, denn der Engel musste ja noch in der Nähe sein. Ertrunkene sahen sie nicht. Von beiden Seiten der Grenzlinie, auf der sich die Kutter bewegt hatten, kamen schwere Holzboote angefahren, Ruderboote, die Besatzung schwieg und atmete schwer. Sie waren mehr zu erahnen als zu sehen. Als ein Boot eine besonders hohe Welle erklomm, klirrte etwas unter dem Segeltuch Verstecktes. Dann wurden die Steuerleute vorsichtiger und die Ruderer gleichmäßiger.

Kai fluchte gepresst.

„Was ist das?“, flüsterte Sonja so leise wie möglich.

„Waffen“, sagte Kai, korrigierte sich aber, als er merkte, dass Sonja anfing zu zittern. „Obwohl hier eigentlich nirgends gekämpft wird. Vielleicht ist es auch was Anderes, was Ziviles. Medizinische Geräte für einen Zahnarzt.“

Auf der Grenzlinie wurden die Boote aneinander gekettet und bildeten so ein Art schwimmende Insel. Die Männer machten sich schweigend daran, die Säcke mit dem Metall von der albanischen auf die montenegrinische Flotte umzuladen. Ihre Bewegungen waren monoton und mechanisch. Sie waren vorbeigefahren, ohne Sonja und Kai zu bemerken, aber ihr Boot, jetzt kleiner und leichter, steuerte auf eine Kollision zu. Am Ende landet man schon dort, wo man hinwill, dachte Sonja irgendwie unbeteiligt, auch ohne Segel und Strömung.

„Wir könnten ins Wasser springen und wegschwimmen", schlug sie leise vor.

„Ja, könnten wir", sagte Kai, „müssen wir aber nicht."

Als ihr Boot leise und federn mit dem fremden Kahn zusammenstieß, erstarrte alles so plötzlich, als hätte jemand den Ausschalter betätigt. Auch Sonja hielt den Atem an.

„Kush është këtu?", fragte jemand aus der Dunkelheit.

Kai antwortete, und Sonja hörte, wie jemand von einem Boot ins andere stieg, was die gesamte Konstruktion ins Wanken brachte. Ein anderer, ein spitzer, kurzer Ton konnte bedeuten, dass sie den Bohrer des nächtlichen Zahnarztes frisch bestückt hatten – oder aber die Sicherung gelöst, was Sonja eindeutig weniger gefiel als die Zahnarztausrüstung. Kai stützte sich auf die Ellenbogen, angespannt, bereit, jederzeit aufzuspringen. Sonja wurde plötzlich wieder schrecklich müde.

„Musst du ausgerechnet jetzt hier rumschippern?", sagte dieselbe Stimme, nunmehr in einer verständlichen Sprache. „Wenn ich dich erschieße, werde ich das nicht bedauern."

„Ich hab dir doch gesagt, dass ich an der Grenze Leute kenne“, beruhigte Kai Sonja. Sie spähte hinter seinem Rücken hervor. Ruslan Likarenko schwang sich an Bord und stellte einen vorsintflutlichen Wolfstöter ab.

„Ihr habt euch also gefunden“, sagte er, als wäre das abzusehen gewesen, dann schrie er den anderen etwas zu, offenbar auf Albanisch. Im Einschlafen hörte Sonja, wie das leise Atmen und das konzentrierte Klirren wieder einsetzten.

Die Zigeuner lebten in Floßzelten auf der albanischen Seite des Skutarisees. Auf zurechtgezimmerten Brettern standen die großen Zelte, tagsüber heizten sie sich auf und stanken, nachts wurden sie schwer, kalt und feucht. Der letzte Pelikan Europas watschelte mit seinen breiten grauen Ruderfüßen zwischen den Zelten hin und her und schüttelte seinen Federbusch, als wäre er der letzte auf der Welt. Direkt auf den Flößen neben den Zelten waren einige alte Autos abgestellt. Der Wasserstreifen zwischen den Flößen und dem Ufer war mit Seerosen bewachsen. Sonja erwachte in dem Boot, das jemand an einem Floß festgemacht hatte, unter einem weißen Segel, von der stechenden Balkansonne abgeschirmt und sogar zugedeckt. Kai, Ruslan und ein paar andere Männer lagen auf den warmen Floßbrettern und plauderten leise. Sonja schöpfte Wasser, wusch sich – es war eher eine Katzenwäsche als eine richtige Gesichtsreinigung – und ging zu den anderen.

„Alles in Ordnung?“, fragte Kai.

„Klappst du immer so ab?“, wollte Ruslan wissen.

„Nur wenn ich Angst habe“, sagte Sonja ehrlich, „oder wenn ich nicht weiß, was ich machen soll. Oder wenn beides zusammenkommt.“

„Und? Hilft's?", fragte Ruslan. Die Männer lachten.

„Bis jetzt schon. Wo ist denn Besnyk?"

„Beim Angeln", sagte Ruslan missgestimmt. „Er hat sich in einem Topf versteckt."

„Wie bitte?"

„Er ist einen Topf gekrochen und mitgekommen", sagte er verstimmt. „Hat sich zwischen den Küchenutensilien versteckt."

„Dann habt ihr gestern Nacht also Töpfe verladen?", fragte Sonja erleichtert.

Ruslan schaute sie an und erinnerte sich, wie sie mitten in der Nacht im Wald aufgetaucht war. Hopfen und Malz verloren, dachte er.

„Und wo sind die anderen?"

„In der Nähe von Târgovişte. Dort gibt's eine Bungalowsiedlung, einen Park, einen See und einen Golfplatz. Gehört fast alles schon uns", sagte Ruslan stolz. „Rada ist mit ihrer Mutter zu Hause geblieben, sie hat Auftritte vor hohen Funktionären, Richtern, hochrangigen Politikern und so. Immer noch besser als eingesperrt zu sein, was?"

Zu Hause, dachte Sonja, war in absehbarer Zeit nichts Gutes zu erwarten.

„Und was ist das nun mit dieser Laldscheta?", fragte Kai und kehrte damit offenbar zu dem Gespräch zurück, das vor Sonjas Eintreffen im Gange gewesen war. „Wie alt ist sie, Rus?"

„Keine Ahnung", sagte Ruslan, „aber an Vlora und die Unabhängigkeitserklärung von 1912 kann sie sich noch gut erinnern. Bis vor kurzem, heißt es, hat sie sich sehr darüber amüsiert, wie Wilhelm Prinz zu Wied anschließend von hier getürmt ist."

„Wie kann sie sich denn daran erinnern?", fragte Sonja lachend.

„Wie ich schon sagte“, merkte Ruslan an, „die ist schon damals alt und blind gewesen, das wissen alle.“

„Und die Ikone?“

„Ist nichts wert“, war Ruslan überzeugt, „die ist nicht mal alt. Die hat so ein Verrückter aus den Bergen zur Türkenzeit gemalt. Die Madonna ist schwarz, schiefäugig und langnasig. Das Jesuskind hat Affenarme. Und Beine auch. Was suchst du eigentlich, Kai? Wenn die Ikone irgendwas wert wäre, hätten sie sich die Italiener schon längst geholt. Es heißt, es würde hier in der Nähe in den Höhlen der montenegrinischen Einsiedler noch Bilder aus der Zeit des Bildersturms geben. Vielleicht fährst du zurück ans andere Ufer?“

„Danke, Rus“, sagte Kai, „was bedeutet Laldscheta?“

„Die Blume, die das Leben bewahrt, oder so ähnlich.“

„Willst du noch ein bisschen Boot fahren?“, fragte Kai Sonja.

Sonja wollte.

„Man muss sich mit Zeitungen auf dem Laufenden halten, vor allem mit polnischen und deutschen Zeitschriften“, sagte Kai, als sie genügend Abstand zu den Flößen hatten. Das kalte Wasser schmeichelte der Haut, ließ das Blut gleichmäßig fließen und ordnete die Gedanken. Die Sonne schien und wirbelte die Gedanken wieder durcheinander. „Über die Alte stand was in der Zeitung.“

„Wie über die Ziege?“

„Über die Ziege stand nichts in der Zeitung“, sagte Kai, „das habe ich mir selbst zusammengereimt. Aber über die Ikone ist geschrieben worden, ganz direkt. Und weißt du, warum? Weil es sowieso keiner glaubt.

Ich hab's dir doch gesagt: Das ewige Leben ist ein stinknormales Wunder, da ist nichts Wundersames dabei."

„Warum?", fragte Sonja.

„Weil das ewige Leben weder Glück noch Macht noch Reichtum noch Liebe noch Verstand, ja noch nicht mal ein lustiges Dasein garantiert. Das am allerwenigsten. Und trotzdem sehnen sich die Menschen danach."

„Das heißt, wir stehlen einfach die Ikone?"

„Für den Anfang", sagte Kai, „statten wir der Alten einen Besuch ab. Sie kann uns nicht sehen und versteht uns nicht, deswegen ist es nicht so leicht, sich mit ihr einig zu werden, aber wir werden es schon schaffen."

„Lass die Finger von der Ikone", bat Sonja. Sie drehte sich auf den Rücken und ihr fiel die Nacht im Boot ein, mit ihren Ertrunkenen, den Schmugglern und den Kuttern der Grenzer.

„Gut", versprach Kai.

„Die Berge sind irgendwie unheimlich. Sieh mal, wie schwarz die Gipfel und wie nackt die Felsen sind. Was kann es unter solchen Bergen schon Gutes geben?"

„Das ewige Leben", erinnerte sie Kai. „Das ungute ewige Leben. Die Berge heißen übrigens Prokletije, die Verwunschenen Berge."

„Und warum?

„Weil sie unheimlich sind wahrscheinlich."

Sonja hielt immerzu nach Ruslan Ausschau, aber wahrscheinlich regelte der mit ein paar Männern irgendwelche Angelegenheiten oder schlief in einem Zelt. Sie wollte ihn fragen, ob er wusste, wie es Pu und Po in Polen ging, wie sich Tanja Halja im Wald eingelebt hatte und was es zu Hause Neues gab, hatte allerdings große Angst, dass er Kai gegenüber zufällig ihr Geheimnis erwähnen könnte. Für solche Sachen sollte man sich lieber Zeit nehmen und nicht mit der Tür ins Haus fallen. Sonja verbrachte den Tag mit Besnyk. Sie hätte schwören können, dass er größer und noch dünner geworden war und noch weniger Zähne hatte, obwohl seit ihrer letzten Begegnung am Fluss gar nicht so viel Zeit vergangen war. Die beiden brieten zusammen Fisch, gingen schwimmen, aßen duftendes Brot, jagten Schmetterlinge auf dem Wasser und ärgerten den Pelikan. Der zischte und schnappte nach ihnen wie ein Gänserich, schließlich besann er sich auf seine großen Flügel und flog über den See nach Montenegro. Kai besorgte ein Auto, einen alten grünen Mercedes, ein riesiges Schiff. „In Albanien fahren alle solche Autos", sagte er. Den Zigeunern gefiel der Schlitten.

„Kommst du noch mal wieder?", fragte Besnyk, als Sonja und Kai nach dem Mittagessen ihre Sachen packten. Sonja schaute Kai an.

„In der nächsten Zeit nicht", meinte er. „Wir wollen weiter ans Meer, wir regeln nur noch ein paar Angelegenheiten."

„Meer oder See, das kommt doch aufs selbe raus", sagte Besnyk traurig. Er langweilte sich und wollte zurück, zwar nicht in einen Topf, aber dahin, wo er einen Spielgefährten hatte.

„Übernachtet unterhalb der Berge", riet Ruslan, der aus dem Zelt gekommen war, um sich zu verabschieden. „Fahrt besser nicht nachts, das ist zu gefährlich. In der Nähe von Lezha gibt es eine Villa mit Gästezimmern, und Lezha liegt direkt an der Schnellstraße, ihr könnt am Morgen gleich Richtung Süden, nach Tirana, weiterfahren. Von da aus führt eine Straße nach Thessaloniki. Die Berge sind nicht passierbar."

„Danke“, sagte Kai.

„Und lass Laldscheta in Ruhe. Nicht umsonst lebt die hier schon so lange.“

„Und wofür?“, fragte Kai nervös.

„Für nichts“, sagte Ruslan, „aber bestimmt nicht einfach so. Keine Ahnung, wonach du suchst, aber ich trau dir nicht über den Weg.“

„Ich dir auch nicht“, gab Kai zurück und sie verabschiedeten sich mit einem festen Händedruck.

Sonja machte es sich auf dem Beifahrersitz des Mercedes bequem. Kai ließ den Motor an und allmählich setzte sich das Auto in Bewegung. Im Rückspiegel sah Sonja, wie Besnyk ins Wasser sprang und durch die Seerosen, die ihm bis zur Hüfte reichten, zu den Zigeunerflößen zurückwatete.

Kai umfuhr eine kleine Bucht und bremste. Etwas kam aus dem Gras gesprungen und stürzte auf das Auto zu. Sonja bekam nicht einmal einen Schreck, so schnell hatte der nasse Besnyk die Rückbank okkupiert. Keuchend und freudig saß er im Auto und prustete.

„Zigeuner sind eben unsichere Kantonisten, aber als Geschäftspartner sind sie unschlagbar“, sagte Kai und hielt Besnyk ein paar Geldscheine hin. Besnyk zählte sie schnell, aber sorgsam durch und steckte sie sich in die nassen Shorts.

„Was ist zu tun?“, fragte er erfreut.

Laldschetas Haus sah aus wie ein Pilz. Aus Stein und winzig klein, ein Spielzeughaus mit einem Dach, überwuchert von Moos und Gras. Es schmiegte sich an einen riesigen schwarz-grauen Felsen, den Anfang des Gebirgszuges. Vor dem Haus waren ein Brunnen und ein unscheinbarer Garten, in dem sich ein paar Zwiebeln, Möhren und Kohlköpfe verloren und kleine schwarz-graue Steine lagen, wie die Larven des Felsmassivs, an das sich das Haus schmiegte. Die verwunschenen Berge wachsen also auch aus kleinen Pünktchen, dachte Sonja, wie die Schnecken im Aquarium. Vor dem Haus gab es weder einen Zaun noch Apfelbäume. Einzig die Baumstümpfe ragten in die Höhe.

„Lasst uns reingehen“, sagte Kai.

Die schwere Tür war unverschlossen. Drinnen waberte stinkendes Halbdunkel. An den nackten Steinwänden hingen vormals wärmende Teppiche, in denen jetzt riesige Löcher prangten, der Ofen gähnte mit einem schwarzen, leeren Mund. Die Kräuter, die an den Balken unter der Decke gehangen hatten, waren längst zu Staub zerfallen. Ihre kahlen Stiele schaukelten im Luftzug. Auf einem schmutzigen Bett lag – eingefallen und gekrümmt – die faltige Laldscheta, die Gelenke bläuliche, ungleichmäßige Knoten. Auch sie glich einem Pilz, einem getrockneten Giftpilz. Als sie das Licht und den frischen Luftzug von der geöffneten Tür spürte, erhob sie sich träge und sagte etwas Kurzes, Abgehacktes, als hätte sie ausgespuckt.

„Was hat sie gesagt?“, fragte Kai.

„Sie fragt, ob das Gott sei“, sagte Besnyk.

„Sag ihr, nein.“

Besnyk sagte es. Laldscheta schaute ihn mit ihren leeren, weißfleischigen, milchig-trüben Augen an, als könnte sie ihn wirklich sehen, dann wandte sie die Augen ab, als ob sie Sonja und Kai mustern wollte. Sie lachte mit ihrem zahnlosen Mund, freudlos und bitter, dann sagte sie etwas, das schon weniger streng, eher besänftigt klang.

„Was hat sie gesagt?“, fragte Kai wieder.

Besnyk schwieg und blickte Kai an, so als stellte er sich auf eine Ohrfeige ein.

„Wird's bald? Das Geld hast du doch genommen, Zigeuner", erinnerte ihn Kai.

„Sie sagt: Dann verpisst euch!"

„Da hast du's mit dem ewigen Leben", sagte Kai. „Los, Zigeuner, wir bringen dich noch bis zur Bucht."

„Und die Angelegenheit?", fragte Besnyk enttäuscht.

„Das war die Angelegenheit."

Laldscheta legte sich nicht hin, sondern begleitete sie mit ihrem leeren Blick. Sonja spürte ihn noch, als sie schon draußen waren.

„Ich hab immer gedacht, die alten Leute wären so was wie regionale Heilige, die von allen geschätzt und umsorgt werden", sagte Sonja. Sie hatten beschlossen, Ruslans Rat zu folgen und nicht in der Ortschaft bei Laldschetas Haus zu übernachten, sondern bis Lezha zu fahren. Vom See her zog der Abend auf und atmete ihnen Kühle nach.

„Das trifft für die ersten ein-, zwei-, vielleicht dreihundert Jahre zu", meinte Kai, „deine Autorität und deine Erfahrung haben Gewicht, deine Familie ist noch am Leben und alle sehen in dir etwas Besonderes, Magisches. Manche halten dich für einen Glücksbringer, andere für den Hüter der Weisheit und der tiefsten Geheimnisse. Irgendwann wird es für die Leute normal, dass du immer noch da bist. Die Generationen kommen und gehen, du wirst nicht jünger, sondern alt und hilflos wie jeder andere Mensch auch, du verfällst dem Wahnsinn, und wenn es tatsächlich jemanden gibt, dem auffällt, dass du schon vierhundert Jahre auf der Erde rumspringst, dann ist das einfach zu viel des Guten. Die Leute fürchten sich plötzlich vor dir und gehen dir aus dem Weg. Was die Menschen nicht verstehen, lehnen sie ab. Es gefällt ihnen nicht, wenn sie die Inkarnation ihrer Träume sehen, besonders der unerfüllten. Hast du eigentlich je über das ewige Leben nachgedacht?“

„Ja“, sagte Sonja.

„Und gefällt es dir?“

„Nein“, antwortete sie ehrlich. Laldscheta, ihr Haus und ihr Leben gefielen Sonja ganz und gar nicht.

„Die Leute aus dem Dorf kommen nicht mehr mit Laldscheta in Berührung. Sie haben sie aus ihrer Wahrnehmung ausgeblendet, sonst müssten sie ständig Angst vor ihr haben oder versuchen, sie loszuwerden, und wer traut sich das schon? Laldschetas ewiges Leben ist wie ein persönlicher Fluch, vielleicht weil sie es selbst zu spät bemerkt hat. Aber auch andere Fälle, in denen es klarer war, sahen nicht besser aus.“

„Und ewige Liebe? Hast du je ewige Liebe gesehen?“, fragte Sonja.

„Ja. Auch nicht gerade erstrebenswert.“

Sonja seufzte, und eine Zeit lang schwiegen sie.

„Wir sind perfekt“, sagte Kai plötzlich. „Nicht wir zwei, sondern alle Menschen auf der Welt, und da gehören wir natürlich dazu. Wir brauchen nicht mehr, als wir haben, um glücklich zu sein. Und schon gar keine Wunder. Alles, was mit uns passiert, ist gut. Man darf sich einfach nicht so sehr den Kopf zerbrechen.“

„Und nimmst du nun die Ikone?“, fragte Sonja.

„Natürlich“, antwortete Kai.

Das kleine Hotel mit den paar Zimmern, von dem Ruslan gesprochen hatte, war ein nettes und gastfreundliches Haus. Zum Abendbrot nahmen Kai und Sonja Gemüse, Käse und Wein auf einer kleinen Terrasse, die von raschelndem Gras und summenden Insekten umgeben war. Der junge Koch, der selbst servierte, machte Sonja den Hof – er brachte ihr ein

Bouquet aus Salat, duftenden Kartoffelstängeln und einer Knoblauchzehe, zwinkerte ihr immer wieder zu und goss Wein nach.

„Was heißt ‚danke' auf Albanisch?", fragte Sonja. Sie genoss das Reisen in vollen Zügen. „Was heißt ‚Guten Abend'? Wie sagt man ‚Wir sind alle perfekt'?" Freudig wiederholte der Koch für sie alle erwähnten Wörter und Wendungen.

„Was heißt ‚Ich bin Gott?'", fragte Kai auf einmal. Der junge Koch hörte auf zu lächeln und schaute ihn misstrauisch an, antwortete aber dennoch.

„Danke", sagte Kai auf Albanisch und machte sich damit gleich Sonjas Fragespiel zunutze.

Sonja schlief gut, aber wenig. Sobald sie die leichten und sinnentleerten Träume übermannt hatten, spürte sie, dass die Woche sich ihrem Ende näherte und sie Kai gegenüber bald mit der Sprache herausrücken musste. Sie öffnete die Augen. Kai schlief nicht. Jedes Mal, wenn sie erwachte, nahm er sie in den Arm und wiegte sie, dann kehrte er zu seinem iPad zurück. Sonja war sich fast sicher, dass er die Onlineversionen der Zeitungen und deutschen und polnischen Zeitschriften las.

Noch bevor die Sonne aufging, packte Kai leise ihre Sachen zusammen und weckte Sonja sanft.

„Lass uns fahren", sagte er.

„Wohin?" Sonja verstand ihn nicht.

„Weg von hier. Wir müssen das zu Ende bringen, die Sache mit dem ewigen Leben. Der Auftraggeber wartet, dir ist es langweilig."

Kai nahm nur die Taschenlampe aus dem Auto mit. Im Dunkeln sah Laldschetas Haus aus wie ein schwarzer Stein. Kai schaltete zuerst die Taschenlampe ein und ließ sie vor dem Fenster mit der blinden, gesprungenen Scheibe ein wenig kreisen, dann stieß er die Tür auf und leuchtete hinein. Laldscheta lag genau dort, wo sie auch tagsüber lag. Sie richtete sich langsam auf und blickte vor sich hin, obwohl Kai ihr direkt ins Gesicht leuchtete. Ihre weißen Augen erschienen unnatürlich groß.

„Bist du Gott?“, fragte sie aufgeregt.

„Ich bin Gott“, bestätigte Kai.

„Gut“, sagte sie plötzlich unsagbar erleichtert und kroch mit ihren knackenden Gelenken und ihrer raschelnden Pergamenthaut aus dem Bett. Mit einer Hand tastete sie sich an der Wand entlang und schwankte zu einer Truhe in der Ecke. Mühsam hob sie den Deckel an und zog mit ihrer entstellten Hand eine kleine, schwarze Tafel heraus.

„Gib sie niemandem anders“, sagte sie streng, fast im Befehlston, und hielt die Tafel Kai hin. Dann kehrte sie ins Bett zurück, rollte sich zusammen und – Sonja hätte es beschwören können – war im selben Moment tot.

„Sie schläft“, sagte Kai. Ehe er die Ikone einstecken konnte, erhaschte Sonja einen Blick auf die verblichene Abbildung: eine langnasige, schwarzhaarige Frau mit Heiligenschein und einem Säugling auf dem Arm, der wie ein kleiner, wuscheliger Affe aussah. Die gleichmäßigen Linien, die von dem Säugling ausgingen, sollten offenbar den Heiligenschein darstellen, den Kais Taschenlampe so gut imitiert hatte.

„Lass mal sehen“, sagte Sonja im Auto leise.

„Lieber nicht“, lehnte Kai ab und fuhr los. Über dem Prokletije-Gebirge ging die Sonne auf.

In Thessaloniki gab Kai die Ikone als normales Päckchen in die Post.

„Ist das sicher?“, wunderte sich Sonja.

„Alles auf der Welt ist sicher“, sagte er.

Sie verlegten sich auf die Stunden mit den erträglichsten Temperaturen und bummelten ausgiebig durch die schmalen Gassen, besuchten kleine Läden und Restaurants und auch die Katakomben, in denen sich ehedem die ersten Christen versteckt gehalten hatten. Sonja und Kai hatten keine Termine und nichts, was sie belastete. Aber Sonja musste pausenlos an die Schwangerschaft denken. Kai gegenüber erwähnte sie nichts, aber der Gedanke verfolgte sie bis in den Traum. War sie überhaupt schwanger? Es hatte sich so viel Merkwürdiges, Richtiges und gut Zueinanderpassendes ereignet, dass sie sich nicht gewundert hätte, wenn ihre Schwangerschaft plötzlich verschwunden gewesen wäre, damit sie noch einmal schwanger werden konnte – dieses Mal von Kai. Sie kaufte sich sogar einen Schwangerschaftstest und starrte lange auf das kleine Fensterchen, obwohl sich die zwei Streifen umgehend zeigten. Sonja hatte die Tatsache, dass es Wunder gab, so stark verinnerlicht, dass es sie nicht überrascht hätte, wenn ein Streifen wieder verschwunden wäre. Aber der Streifen blieb.

Ein wundervoller Sommer brach an, und Kai war die Mitte. Seine samtweiche Haut, seine goldenen Augen und hellen Haare spiegelten die Sonne, in der sich die vernarrte Sonja vom Morgen bis zum Abend aalte. Auch fremde Leute zog Kai unwiderstehlich an. In den Bars und Hotels suchten sie seine Bekanntschaft wie Trümmer eines zerschellten Schiffes, die einem sanften Ufer zustrebten. Alleinreisende und Paare im Urlaub fühlten sich von Sonjas Schönheit und Kais Leichtigkeit angezogen. Er wusste so viel über die Stadt und konnte so anschaulich erzählen, wie zum Beispiel die Türken Massenhinrichtungen auf dem Dach des Weißen Turms abgehalten hatten und das Blut an den Wänden herabgeronnen war und die Bucht sich rot gefärbt hatte. Sonja wünschte sich, diese Erzählungen würden nie zu Ende gehen, wie eine Gruselgeschichte vorm Einschlafen. An Schlaf oder – in diesem Fall – ein normales Leben war nach solchen Geschichten nicht zu denken. Das hielt jedoch nicht lange an.

Oft saßen Sonja und Kai bis tief in die Nacht auf einer Terrasse im Freien, umgeben von Lachen, Leuchten und braungebrannten Körpern. Sonja trug Kleider mit tiefen Dekolletés, Kai weiße Hemden und helle Baumwollhosen, überall waren sie die schönsten und attraktivsten. Und jedes Mal, wenn sie nach einer solchen Nacht ins Hotel zurückkehrten, riss Sonjas Herz vom ersten Licht und der glücklich verbrachten Zeit. Sie erzählte Kai davon.

„Das liegt daran, dass im Morgengrauen Gott erscheint", sagte Kai lächelnd, „oder der, der seine Amtsgeschäfte führt."

Kai gegenüber das Kind zu erwähnen, verschob Sonja von einem Tag auf den anderen. Sie hatte es aufgegeben, das Kind oder irgendwelche Veränderungen wahrzunehmen. Noch eher spürte sie, wie in ein paar Kilometern Entfernung die Delphine durch die Bucht zogen und in einem langen Atemzug vorsichtig Röhren und andere Leitungen unter Wasser umschwammen.

Die Villa, in der Kai den Sommer verbringen wollte, stand direkt am Meer, eine breite Treppe führte hinab zu einem kleinen Sandstrand. An klaren Morgen konnte man hinter dem blauen, stillen Wasser Athen sehen. In dieser Villa endete ihre ungewöhnliche Reise – und und nicht nur sie.

In Thessaloniki hatten sie sich ein anderes Auto genommen. Es glich dem, das Kai in Berlin zurückgelassen hatte. Das ewige Leben hatte sich offenbar schnell ausgezahlt. Sonja hätte zu gern die ganze Geschichte erfahren: Wer die Ikone bestellt hatte und wie es dieser Person jetzt ging, aber gemäß den Geschäftsregeln wusste Kai nichts darüber, und er hatte keine Lust, sich etwas auszudenken. Nicht einmal für Sonja.

Ein alter Grieche brachte Obst – Wassermelonen, Granatäpfel, Honigmelonen, Äpfel und Orangen. In einem nahen Dorf kaufte Kai Käse, Wein, Dörrfleisch und geräucherten Oktopus, Oliven, Tomaten und violette Zwiebeln. Kaffee hatte Sonja in Thessaloniki besorgt. Morgens setzten sie sich auf die Freitreppe, breiteten auf den warmen Steinen Orangen und Äpfel aus, Kai schnitzte einen großen lachenden Mund in eine Wassermelone, Sonja brachte heißen, starken Kaffee. Der süße Melonensaft rann übers Kinn und tropfte auf die nackten Knie, der Kaffee verbrannte Gaumen und Zunge, die Sonne koste die zwei und versprach, wenn nicht das ewige Leben, so doch unendliches Glück oder zumindest eine noch schönere, tiefere Bräune.

Sonja liebte Kai. Ohne Wenn und Aber, als gehörte sie zum Basispaket für ihr Leben. Immer, wenn sie daran dachte, dass sie ihn gerade einmal ein paar Wochen kannte, musste sie lachen.

Sonja rief niemanden an und dachte auch fast an niemanden.

Sonja schwamm mit Kai um die Wette und liebte ihn im Wasser.

Sonja tauchte und sah Fische und Krabben.

Sonja schlief am Strand ein und wachte nicht auf, ehe Kai sie ins Haus trug und aufs Bett legte.

Sonja beobachtete nachts die Lichter auf dem Wasser, die Sternschnuppen und die Wimpern auf Kais

Wange. Dann dachte sie sich Wünsche aus, die sofort in Erfüllung gingen.

Sonja lernte alle griechischen Buchstaben und manche merkte sie sich sogar.

Sonja schlief viel und malte kleine lustige Porträts von Kai oder Comics von der montenegrinisch-albanischen Grenze.

Alles war sehr gut.

Abgesehen davon, dass Sonja schwanger war.

Über dem Meer tobten so mächtige Gewitter, dass es schade gewesen wäre zu schlafen. Als es dämmerte, lief Sonja die nassen Stufen zum Meer hinab. Die schweren Regentropfen hatten im Sand bleibende Spuren hinterlassen. Er war von kleinen Kerben übersät, hatte aber über Nacht nichts von seiner Wärme verloren. Das Wasser hatte die Farbe des Himmels angenommen, es war tiefblau und zeigte rosa Tupfer. Ich muss auf mich achten, dachte Sonja, damit mir nichts entgeht. Wenn Kai so vehement gegen das ewige Leben war, musste man das irdische auskosten, so gut es ging.

„Auf mich musst du auch achten", sagte plötzlich jemand unmittelbar neben ihr.

Sonja hielt vor Schreck den Atem an.

Ein Junge in Shorts stieg die Stufen hinab und trat neben sie. Es war ein ganz normaler, schmächtiger Junge, wie Besnyk sah er aus, nur dass ihm keine Zähne fehlten und er sein Haar akkurat gescheitelt trug. Die Hosen hingen in den Kniekehlen und waren ihm viel zu weit, auch der Hemdkragen war zu weit, so sah er noch erbarmungswürdiger aus.

Nur keine Panik, sagte sich Sonja. Immerhin hab ich Erfahrung mit kleinen Jungs, die aus dem Nichts auftauchen. Am Ende geht's doch immer gut aus.

„Wer bist du?", fragte Sonja streng.

„Ich bin Henio", antwortete der Junge.

Das war vielleicht was. Der vorherige Junge hatte zwar pausenlos geflucht, war aber immerhin lebendig gewesen.

„Du bist schon alt, Henio."

„Na, du bist ja auch keine siebzehn mehr."

Das stimmte.

„Was ich dich bitten wollte", sagte der Junge, „bringst du mich zur Welt, Sonja?"

Das fehlte noch, dachte sie.

„Wie soll ich das denn machen?", fragte Sonja. „Du bist doch ein Jude und noch dazu tot."

Man konnte sich kaum etwas Trostloseres vorstellen, als einen toten Juden zur Welt zu bringen.

„Die Juden sind tolle Menschen", beteuerte Henio, „sie sind gebildet, ehrlich, geistreich und haben immer Erfolg. Überleg mal: Ich bin zwar tot, aber trotzdem lieben mich alle. Und dich auch. Wir haben etwas gemeinsam."

„Ich bin aber keine Jüdin, und ich bin auch nicht tot", merkte Sonja an. „Ich werde einfach so geliebt."

„Wenn du mich zur Welt bringst, bin ich auch kein Jude mehr", erklärte der Junge. „Das geht ja über die mütterliche Linie. Und es ist ja auch nebensächlich, ob jemand Jude ist oder Deutscher oder Ukrainer oder Grieche. Es geht doch eigentlich nur darum, ob derjenige ein guter Mensch ist."

„Und bist du ein guter Mensch?", fragte Sonja. „Einen bösen Menschen will ich nicht zur Welt bringen."

„Ich werde mir Mühe geben."

„Und wie bist du auf mich gekommen?"

„Ich möchte das gern", sagte Henio. „Du riechst so gut. Aber du musst vorsichtig mit mir sein und mich liebhaben."

„Und wirst du mich auch liebhaben?", fragte Sonja schließlich.

„Natürlich!“, versicherte ihr Henio. „Mehr als alles auf der Welt. So gut es geht, versteht sich.“

Dann schwiegen sie.

„Hör mal“, sagte Sonja schließlich. „Da, wo du jetzt bist, geht es dir da nicht gut? Warum willst du denn unbedingt auf die Welt kommen?“

„Schlecht geht's mir nicht. Es ist einfach langweilig. Hier wollen alle auf die Erde. Es gibt eine richtige Schlange, das kannst du mir ruhig glauben. Also, was ist nun? Du musst es mir versprechen.“

„Ja, ich versprech's“, sagte sie. Dann ging Sonja ziemlich verwirrt ins Haus zurück.

Am Morgen erwachte Sonja mit einem Gefühl, als hätte sie zwei Herzen. Das eine schlug an der gewohnten Stelle, das andere pochte schneller und ungestümer, es bebte im Unterbauch, ein Stückchen höher, als würde sich ein Kitzeln ausbreiten, wenn Kai sie berührte oder anschaute oder wenn sie an Sachen dachte, die sie erregten.

Das Gefühl war merkwürdig, weil fremd, aber wundervoll.

Eine Zeit lang horchte sie in sich hinein. Als sie aufgestanden war, wurde das zweite Herz immer leiser, bis es sich in den Vibrationen von Sonjas schönem Körper endgültig verloren hatte. Immerhin wusste Sonja jetzt, dass es das zweite Herz gab. Das fand sie weder beunruhigend noch verunsichernd, weder fühlte sie sich von der unmenschlichen Verantwortung erdrückt, noch kam es ihr so vor, als sei das Leben zu Ende. Auch Schuldgefühle hatte sie nicht. In ihr drin saß eben jemand, der sie so liebte, wie Henio es versprochen hatte. Das war so unbestreitbar wie wundervoll. Und das musste sie Kai sagen – das und alles andere auch.

Aber Kai lag nicht im Bett neben ihr.

Sonja schlug das dünne Laken zurück und machte sich barfuß auf die Suche nach ihm, vorsichtig, behutsam, als wollte sie Kai etwas Wertvolles und sehr Persönliches bringen. Das Beste soll man immer teilen, dachte sie. Endlich war ihr klar, was dieses Beste war.

Im Bad rauschte Wasser. Sonja spähte durch die angelehnte Tür und ergötzte sich an Kais Rücken, an seinen geschmeidigen Bewegungen, seinem straffen Hintern und der wohlgeformten Hüfte, auf der noch Wassertropfen perlten. Kai hatte gerade geduscht, jetzt kniff er ein Auge zu und rasierte sich, ganz mit weißem Schaum bedeckt. Er entdeckte sie im Spiegel und lächelte, schnitt sich, und ein runder, heller Blutstropfen trat auf den weißen Schaum. Unwillkürlich öffnete er das Auge, und plötzlich wurde Sonja schlecht, wie Nastja es prophezeit hatte. Manchmal verbringt man sein ganzes Leben mit einer Person, dachte sie abwesend, ohne die wichtigsten Dinge zu wissen.

Kai stürzte auf sie zu und blieb dabei am Regal neben dem Waschbecken hängen. Etwas Schweres fiel zu Boden und rollte langsam über die Marmorfliesen. Sonja krümmte sich in einem Krampf und sah Kais helles Auge über den Boden kullern. Die leere Augenhöhle sah wie ein todbringender Schlund aus, wie die Tür zu Laldschetas Haus, wie der Lauf von Ruslans Wolfstöter, wie die lechzende Öffnung von Großvaters Grab, wie die schlimmsten Dinge, die Sonja je gesehen hatte, schlimmer als alles zusammen.

Sonja erbrach sich und zitterte in Kais Armen, und in der Zwischenzeit fügte sich in ihrem Kopf alles zu einem Bild zusammen, einfach und klar wie ein Puzzle für die Allerkleinsten: der Sohn des Augenarztes, der nach einem Kampf ein Auge verloren hatte, der

Arzt in der dritten Generation, die Ausreise, die zehn Jahre zurücklag, zu nichts zu gebrauchen, arbeitsscheu, lebenshungrig, die Haare und die Form der Augen, die Haut, die Leichtigkeit, die bedingungslose, ungebrochene Liebe, das Gefühl von Geborgenheit, das „Ihr habt euch gefunden“ aus dem Munde von Ruslan, der schließlich neben Eteri, Nastia und Katja der Einzige war, der wusste, wen Sonja suchte und warum.

Alles war, wie sie es sich ausgemalt hatte, sogar klarer, einfacher und natürlicher, als sie gehofft hatte. Die Blutsbande hielten, sie waren stärker als alles andere, aber aus fehlender Erfahrung war sie falsch damit umgegangen.

Kai darf es auf keinen Fall erfahren, dachte Sonja. Noch immer wand sie sich auf dem Fußboden, wenigstens er soll es nicht wissen. Sonja liebte Kai, und das war das Schlimmste.

„Sonja“, sagte Kai flehend vor der Tür, „das ist doch nur ein Auge. Es gibt vieles, was einem Menschen fehlen kann: Kraft, Gewissen, Verstand. Komm, ich mach das weg, Sonja. Geht es dir schlecht? Leg dich wieder ins Bett.“

Sonja saß auf dem Fußboden im Badezimmer und versuchte zu sich zu kommen. Das klappte nicht. Sie wollte kotzen und abkratzen, vor allem kotzen.

Kai machte sich Sorgen. Sonja glaubte, er säße dort, auf der anderen Seite der Tür, zierlich und klein wie eine große Bohne. Es wäre so einfach, ihn zu vernichten, mit ein paar Worten, sie brauchte nur von ihrer Mutter zu erzählen, von Tante Halja, von einer gemeinsamen Begebenheit von früher, schmerzhaften Geschichten, Fetzen der abendlichen Unterhaltungen zwischen Zigaretten und Backgammon. Wie würde er reagieren? Vielleicht war es ihm egal. Vielleicht wusste er gar nicht, dass er eine Tochter hat? Vielleicht sollten sie einfach nicht zurückkehren, zusammenbleiben, solange alles gut ging? Vielleicht sollte sie das Geheimnis einfach in sich vergraben, so tief, dass selbst das zweite Herz es nie hörte? Vielleicht gab es irgendwo ein Wunder, mit dem man alles vergessen konnte?

Ich habe mit meinem eigenen Vater geschlafen. Sonja rollte diesen Satz über ihren Gaumen und konnte ihn nicht aussprechen. Sie erbrach sich noch einmal vor Schreck und Scham. Ihr war schwindelig, und alle bekannten und unbekannten Gelenke schienen wie bei Laldscheta zu verborgenen, schmerzhaften, dunklen Knoten anzuschwellen.

Mit dem eigenen Vater.

Sonja konnte es nicht aussprechen.

Stattdessen sagte sie die Wahrheit: „Hör mal, Kai", ihre Stimme klang, als käme sie aus einem Grab oder aus der Toilette, was im Hinblick auf die Situation eher passend war, „am Strand ist ein Junge. Kannst du ihn bitte suchen?"

„Was denn für ein Junge?", fragte Kai beunruhigt.

„Ein toter Jude", sagte Sonja so überzeugend, wie sie nur konnte.

„Ist dir schlecht, Sonja?", fragte Kai noch besorgter, „was denn für ein Jude?"

„Ein toter", wiederholte sie und versuchte die Krämpfe zu unterdrücken, die vom Zwerchfell her aufstiegen. „Glaub mir, bitte, da ist ein toter Jude, du musst ihn finden, Kai, bitte, es ist ganz wichtig."

Und Kai glaubte ihr – er machte ja immer genau das, was nötig war. Sonja hörte, wie sich seine Schritte hastig in Richtung Terrasse entfernten. Ihr blieb nicht viel Zeit.

Sonja gönnte sich ein paar Sekunden unter der Dusche, aber das kalte Wasser ließ sie weder nüchtern werden, noch nahm es ihr den Schmerz, einen dumpfen, hemmenden Schmerz, der aus dem Hals kam und sich im ganzen Körper ausbreitete, wo ein Krampf den nächsten jagte. Er breitete sich über die ganze Haut bis in die Finger und Zehen aus. Sonja bemühte sich, Kais Sachen nicht zu berühren und nicht anzusehen, als könnten die Gegenstände ihr schreckliches Wissen ausplaudern. Sie steckte ihren Pass in die Tasche der Jeans, die sich nur mühsam über die nassen langen Beine streifen ließ, dann zog sie die erstbesten Schuhe an und öffnete zögernd Kais kleinen Koffer. Der Koffer war voller Geld. Wahrscheinlich liebte Kai ebenso wie Sonja Bargeld, vielleicht hatte das aber auch nur mit seinem Business zu tun. Sonja nahm so viel, wie sie ihrer Meinung nach brauchte, um auf alle Fälle nach Hause zu kommen. Wo die Autopapiere waren und ob es sie überhaupt gab, wusste Sonja nicht, aber die Wahrscheinlichkeit, dass sie jemand auf dem Weg nach Thessaloniki sehen wollte, war wesentlich geringer als die, dass Kai zurückkommen und sie aufhalten würde, wenn er am Strand keinen oder einen oder mehrere tote Juden fände. Sie befürchtete, dass die bitteren, am Gaumen zerriebenen Worte dann nach draußen drängen, ihr entschlüpfen würden und dass es dann unmöglich wäre, irgendetwas zu ändern oder umzukehren. Denn was einmal gesagt ist, ist in der Welt und führt ein Eigenleben. Zu ändern und umzukehren war allerdings sowieso nichts.

Sie trat kräftig aufs Gas und der Motor heulte auf, vielleicht wurde ihr davon schwindelig. Eine Fata Morgana schaukelte über dem heißen Asphalt. Als Sonja schon ziemlich weit weg war, sah sie im Rückspiegel eine winzige Gestalt. Kai war auf die Straße gelaufen und fuchtelte aus Verzweiflung oder vor Wut mit den Armen. Sonja trat aufs Gas, wieder heulte der Motor auf, und Kai wurde immer kleiner. Hinter einer sanften Kurve war er ganz verschwunden.

Sonja war die ganze Zeit übel, die Augen brannten von der Sonne, sie öffnete das Fenster und ließ den warmen Geruch nach verbrannter Luft von den umliegenden Felsen und den Geist trockener Gräser ein. Sollte er lieber denken, sie hätte das Geld genommen und wäre wegen des Glasauges davongelaufen, wegen dieses schrecklichen, hellen Glasauges, das in ihrer Vorstellung pausenlos über die weißen Fliesen rollte. Sollte er lieber denken, dass sie ihn nicht mehr wollte, so einen Einäugigen, Amputierten, Hilflosen. Sollte er ruhig denken, dass sie ihn niemals gewollt hat, dass alles nur Zufall war. Sie war an seiner Seite gewesen, nichts weiter. Sollte er denken, was er wollte, nur nicht das, was wirklich war.

Die weiträumigen, luftigen Flughafenhallen übten immer eine beruhigende, inspirierende Wirkung auf Sonja aus, sodass sie es schaffte, trotz der Verwirrung, der Übelkeit und einer aus dem Inneren aufsteigenden Angst, ein Ticket zu kaufen. Sie würde zwar einmal umsteigen müssen, aber dennoch ganz komfortabel nach Hause kommen. Die verwunderten, mitleidigen, bisweilen angewiderten Blicke der Flughafenangestellten und anderen Passagiere bemerkte sie nicht. Mit zusammengekniffenen Augen, langen nassen Haaren, ohne Koffer und ohne Handgepäck wirkte Sonja, als wäre sie betrunken oder krank. Es kam zwar vor, dass Urlauber in diesem Zustand aus den Küstenorten zurückkehrten, aber nur selten. Sonjas Körper konzentrierte sich auf die einfachsten

Vorgänge, deren Ausführung schon schwierig genug war: gerade laufen, die Wein- und Brechkrämpfe unterdrücken, die Arme und Beine, die merklich zitterten und urplötzlich den Dienst versagten, die Richtung und das Gleichgewicht verloren hatten, koordinieren, dem Wunsch widerstehen, sich einfach irgendwo hinzuhocken, sich vom Schlaf übermannen zu lassen und nie mehr aufzuwachen. Der Visabeamte bat Sonja, ihn anzuschauen. Als sich ihre Blicke trafen, senkte er die Augen.

„Alles in Ordnung?“, sagte er, allerdings ohne Frageintonation, und drückte einen Stempel in ihren Pass. Bei Sonja war immer alles in Ordnung, nur dieses Mal eben nicht.

Ihre Sitznachbarn setzten sich sofort um, nachdem das Einsteigen beendet war. Sonja ignorierte sämtliche Sicherheitsbestimmungen, klappte die Armlehnen hoch und legte sich zusammengerollt, den Bauch schützend, auf alle drei Sitze. Die Stewardess ging schweigend an ihr vorbei, was eigentlich nicht erlaubt war, da alle im Sitzen und mit angelegten Sicherheitsgurten zu fliegen hatten – die Rückenlehnen gerade gestellt, die Fensterblenden hochgeschoben und die Tische hochgeklappt. Ein geborener Vielflieger hält diese Regeln mühelos und lächelnd ein. Sonja fühlte sich unsichtbar wie eine umherirrende Seele. Vielleicht passierte genau das mit Menschen, wenn sie etwas Derartiges ereilte?

Das Flugzeug rollte schneller und schneller, hob praktisch sofort ab und flog über das weite Meer. Licht flutete in den Innenraum, goldenes Licht, vor dem es kein Entrinnen gab. Sonja schloss die Augen. Irgendwo da draußen hinter dem Bordfenster flogen schwere Engel und die letzten Pelikane vorbei und genossen das Licht, Sonja ignorierten sie. Nicht einmal sie hätten Sonja retten können vor dem, was geschehen war. In Sonjas Kopf geisterten Fetzen von Geschichten über Ehen innerhalb von Dynastien und die Strafe Gottes herum, über schwanzbewehrte Säuglinge, zweiköpfige Missgeburten, über schwarzen Grind auf gebräunter Haut und eine Liste von Ländern, in denen auf Verbrechen gegen die Familie, zu denen ja auch Inzest gehörte, die Todesstrafe stand. Sonja schluchzte leise, aber das half nicht. Der letzte, mit dem sie sprechen konnte und der sie hören musste, war der eine, mit dem sie über ein ebenso festes Band verbunden war und der sie auf Kai gebracht hatte.

Sag mir, was ich jetzt machen soll, du bist doch klug, gebildet und geistreich, dachte Sonja und versuchte all ihre Gedanken auf ihr Inneres zu konzentrieren, die Krämpfe und das Zittern, den Gelenkschmerz und die seelische Lähmung zu unterdrücken, sag mir, dass du da bist, dass du mich nicht verlässt.

Mit letzter Kraft und Konzentration spürte Sonja sie – die wenigen zaghaften Bewegungen des zweiten Herzens wie die letzten Regentropfen im warmen Sand, wie die schnellen, friedlichen Atemzüge der Alten, die zufällig mehrere hundert Jahre gelebt und das Leben endlich abgeschüttelt hatte. Das reichte, um bis zur Landung in einen trüben Tiefschlaf zu fallen, ohne Träume und Gedanken.

In Frankfurt stieg Sonja als Letzte aus dem Flugzeug und lief langsam durch die Röhren und den Transitbereich. Sie musste ins Terminal, um einen Platz zu finden, wo sie sich ungestört übergeben konnte. Die Luft war genauso schwer und trübe wie Sonjas Schlaf auf dem Flug. Sonja war der Luft wehrlos ausgesetzt, in klebrigen, heißen Schweißflecken legte sie sich auf die Haut. Sie glaubte, alle würden sie anschauen und wissen, was sie getan hatte. Was und wie sie es getan hatte, wie oft und wie gut es gewesen war. Jeder Blick war wie ein Schlag in den Bauch. Sonja ging es immer schlechter. Sie schloss sich in einer Kabine ein und ging vor dem desinfizierten weißen Toilettenbecken auf die Knie. Von jeder Kachel schaute sie ein künstliches Auge an, sie beugte sich immer weiter hinunter und erbrach sich, wand sich, als könnte sie sich so von allem befreien, was passiert war. Aber das war unmöglich.

Kurze Zeit später fielen heisere, unangenehme Stimmen in die Damentoilette ein. Ein Flugzeug aus Fernost war gelandet, und eine gigantische Schar von Frauen in Schwarz – so jedenfalls stellte Sonja sie sich vor – verrichtete nach dem langen Flug ihre Notdurft und stellte sich anschließend vor den Spiegel, krächzend wie ein Krähenschwarm. Sonja zwang sich, leiser zu erbrechen, aber irgendwann kam ihr doch jemand auf die Schliche und rüttelte ungehalten an der Klinke. Es gab viel mehr Frauen als Kabinen, es war unfair, den Verkehr aufzuhalten. Sonja stand langsam auf und schleppte sich zitternd zum Spülknopf. Ihr wurde schwindelig, sie setzte sich auf den Rand des Toilettenbeckens, holte tief Luft und stand wieder auf. Als sie den Spülknopf gedrückt hatte, sah sie, wie der gurgelnde Wasserwirbel ihren roten Pass in die unergründlichen Tiefen der Kanalisation spülte.

Aber das war nicht schlimm. Das vorher war schlimm gewesen.

Sie lief an lärmenden Frauen in Schwarz vorbei, tastete sich an ihren raschelnden glänzenden Flügeln entlang und trat schließlich schwankend hinaus ins Terminal.

Sonja wollte weg von all diesen Leuten, die sie anschauten wie einen Film über die Blutschande, die sie und Kai begangen hatten. Sie wollte sich in Sicherheit bringen oder besser noch verschwinden. Ein für alle Mal. Die erste Tür, auf die Sonja außerhalb des Wartebereichs stieß, war unscheinbar und lediglich mit einem Stern und einem Halbmond markiert. In dem kleinen, abgedunkelten Zimmer lag ein Kompass auf einem schlichten Holztisch. Handliche, weiche Gebetsteppiche stapelten sich in der Ecke, die Sonja für immer davon überzeugten, dass Allah allmächtig und gütig war. Und treusorgend. Ohne das Licht einzuschalten, legte sie sich einen Teppich zurecht, ließ sich darauf nieder und deckte sich mit einem zweiten zu.

Bist du da?, fragte Sonja in Gedanken, aber das zweite Herz schwieg. Sie setzte ihre Ansprache fort, denn sonst war niemand da. Ich bleibe ein Weilchen liegen, sagte sie sich, bis Allah zurückkommt. Wenn er zurück ist, wird es besser, dann gehe ich, damit ich ihn nicht störe, ich habe ja einen Juden dabei, wer weiß, ob das zusammenpasst.

Die Stunden ohne Allah waren lang und freudlos. Mal fiel Sonja in Schlaf, mal fuhr sie nervös hoch, weil sie glaubte, Kai sei in der Nähe, würde alles erfahren, was ein Unglück hereinbrechen ließ, das alles noch schlimmer machte. Dann versuchte sie auf ihr zweites Herz zu hören, aber es schwieg. Womöglich liebt er mich nach all dem nicht mehr, dachte Sonja. Wer konnte ihm das übel nehmen? Selbst unter Allahs Teppich klapperte sie vor Kälte, einer Kälte, die schneidend war wie die Lichtstöße der Grenzboote und schwarz wie die verwunschenen Felsen. Das Atmen fiel ihr so schwer, als wäre sie der Drache, der fortwährend Feuer speien musste, weil jemand pausenlos SMS schickte.

Schließlich kam Allah. Er war klein, hatte eine Glatze und einen Bart, war nicht steinalt, hatte große, gelbe Zähne, trug ein dunkles, gestreiftes Hemd, blitzblanke Schuhe und einen Gürtel aus Krokodilleder. Sein Englisch war schlecht. Er entzündete das gleißend weiße Licht und beugte sich besorgt über Sonja. Sein Bart bebte.

„Es geht dir schlecht, sehr schlecht“, sagte er erschrocken und hielt ihr seine Hand vors Gesicht, berührte sie aber nicht. Das wusste Sonja selbst. „Du bist ganz heiß. Einen Arzt? Soll ich einen Arzt rufen?“

„Bloß keinen Arzt“, brachte Sonja matt und zugleich verängstigt vor. Sie stellte sich eine Dynastie von Augenärzten vor. „Bitte nicht.“

„Und was willst du?“, fragte er. Als allmächtiger und barmherziger Gott bot er ihr die Erfüllung aller Wünsche an, aber sie war es gewöhnt, sich mit wenig zu bescheiden. Also bat sie um ein Telefon.

„Ich habe mit meinem eigenen Vater geschlafen, Eteri.“ Endlich war es raus, und Sonja fühlte sich etwas besser, besonders weil Allah sie nicht verstand, „und mein Pass ist auch weg. Es wird bald dunkel, ich bin in Frankfurt. Allah ist bei mir, er ist allmächtig und gütig. Ich habe Fieber und mir ist schlecht. Ich will nur noch nach Hause.“

„Welches Terminal?“, fragte Eteri. „Katja kommt und holt dich ab. Sie ist jetzt übrigens mit Gena zusammen.“

„Wieso hast du sie hierher gekarrt?“, herrschte Eteri Katja flüsternd an, „die Stadt ist hundert Kilometer weit weg, das hier ist eine Aussegnungshalle und kein Krankenhaus!“

„Es ging ihr eigentlich gut“, verteidigte sich Katja, „und plötzlich ist sie blau angelaufen. Ich kenne sie schon lange, das macht sie nicht ohne triftigen Grund. Gut, dass ihr so schnell da wart.“

„Dieser Schwanzwedler hat uns hergebracht, der, der die Tage schon mal nach ihr gesucht hat.“

„Sascha?“

„Ja. Der sitzt da drüben. Wer ist das überhaupt, was sollen wir ihm sagen?“

„Pu. Sascha Wertypuch“, sagte Sonja leise.

Eteri und Katja schwiegen. Hinter einer Tür seufzte Nastja. Sonja öffnete die Augen.

„Ist dir schlecht?“, fragte Eteri.

„Und wie.“

Es war früh am Morgen. Am Fenster hing ein altes, grau-verwaschenes Bettlaken, das als Gardine diente und dem engen Krankenzimmer mit seinen hellblauen, rissigen Wänden und der blauen Heizung so etwas wie Andacht verlieh. Die Sonne spiegelte sich unbekümmert in einem Ständer, an dem eine Glasflasche mit einem schwarzen Gummikorken hing. Aus der Flasche tropfte eine Flüssigkeit durch einen durchsichtigen Schlauch in Sonja hinein.

„Verstehst du mich?“, fragte Eteri.

„Ja“, sagte Sonja, aber Eteri glaubte ihr nicht.

„Dann hör mir zu, du darfst jetzt sowieso nicht reden.“ Eteri seufzte. Eigentlich hatte sie nie Probleme damit, offen und ehrlich zu sein. Dieses Mal war das anders. „Du hast hohes Fieber, wir können dich jetzt nicht mitnehmen.“

„Wohin mitnehmen?“, fragte Sonja, die mit jedem Wort schwächer wurde.

„Egal wohin“, sagte Eteri und atmete hörbar aus. Im Zimmer war es stickig, Eteris Stirn war schweißnass, ihr Mund trocken, als wollte das, was Sonja jetzt erfahren musste, sich um keinen Preis aussprechen lassen. „Dein Kind. Es ist tot. Alles wird gut oder auch nicht, auf jeden Fall besser. Aber rausholen müssen sie das jetzt.“

„Hör mir zu, bitte“, bat Sonja und nahm Eteri bei der Hand. „Das ist ein jüdischer Junge. Henio Żytomirski. Du musst ihn googeln. Er ist in einer Gaskammer umgekommen und will noch einmal geboren werden. Ich habe es ihm versprochen, weißt du? Er ist mein zweites Herz, er wird mich immer lieben.“

„Sonja“, sagte Eteri und strich ihr über den Kopf, „du hast hohes Fieber. Alles wird gut. Ich rufe deine Mutter an.“

„Jetzt hör mir doch wenigstens einmal zu.“ Sonja bewegte nur noch ihre Lippen. Sie war ganz weiß, beinahe durchsichtig. Wenn sie ihr jetzt nicht zuhörte, dachte Eteri, dann wäre Sonja beleidigt und würde sich einfach aus dem Staub machen, sich in der sommerlich-klebrigen Luft auflösen. „In dem Dorf bei dem Abzweig, wo man vorbeikommt, wenn man zu mir nach Hause fährt, Pu weiß, wo das ist, da gibt es eine Frau. Die kann mit Toten reden. Sie macht das immer. Ist Routine für sie sozusagen. Pu soll sie herbringen. Das ist nicht sehr weit. Kolja in dem Laden weiß, wo sie zu finden ist, sie ist ihm was schuldig. Sie soll mit ihm reden.“

„Mit wem? Mit Kolja?“

„Mit dem toten Juden. Pu soll sie herbringen.“

„Pu der Bär?“, fragte Eteri zurück, die begriffen hatte, dass ihr gesunder Menschenverstand sich aus Liebe zu ihrer kranken Freundin mit dem toten Juden und Pu dem Bären abfinden musste.

„Sascha Pu. Bitte.“

Katja saß auf einem hölzernen Schränkchen und googelte Henio.

„Es gab mal einen Henio“, sagte sie leise zu Eteri.

„Und, was war mit ihm?“

„Du wirst es nicht glauben“, antwortete Katja, „der ist im Zweiten Weltkrieg vergast worden.“

Eine dicke Frau in einem weißen Kittel schob sich mit einem Fieberthermometer ins Zimmer.

„Was ist denn das hier für ein Zigeunerlager, Mädels. Ihr seht doch, wie's eurer Freundin geht. Und dann noch diese Hitze. Seht zu, dass ihr fortkommt. Morgen ist Montag, da kommt der Arzt, dann erledigen wir alles. Ist dir schlecht, mein Mädchen?"

„Ja", sagte Sonja. Vom letzten Satz der Krankenschwester kam es ihr gleich wieder hoch. Aber wenn man auf dem Rücken liegt, lässt es sich nicht so gut kotzen.

„Der Herr gebe dir Frieden", barmte die Frau freimütig, als sie die kleine, bleiche, helläugige Sonja sah, „der allmächtige und barmherzige Gott."

„Allah?", fragte Sonja.

„Hauptsache irgendeiner", seufzte die Frau und maß Fieber.

Allah war effektiv und beschützte sie wirklich, das wusste Sonja aus eigener Erfahrung, und deswegen hatte sie sich etwas beruhigt, als Eteri und Katja das Zimmer verlassen hatten. Sie schlief wieder ein in der Hoffnung, dass sie sich schon irgendwie mit ihrem zweiten Herzen einig werden und es in ihren Bauch und in ihr Leben zurückkommen würde.

Als es dunkel war, rückte der Tross wieder an. Pu war verängstigt, Nastja verweint, Eteri wütend.

„Los, sprechen Sie", sagte Eteri.

Die Frau blickte verunsichert drein, als stünde sie auf einem fremden Friedhof.

„Die lebt doch noch. Sie schläft bloß. Geb's Gott, dann tritt sie noch nicht so schnell ab."

„Doch nicht mit ihr", sagte Katja. Das Beheben von Kommunikationsfehlern war ihr Job. „In ihrem Bauch."

„Was ist in ihrem Bauch?“, fragte die Frau verständnislos.

„Ein toter Jude“, sagte Eteri. „Er liegt da drin. Oder steht. Keine Ahnung.“

„Gott im Himmel, was denn für ein Jude?“, wollte die Alte wissen.

„Er ist tot. Warum reden Sie denn mit mir?“, fragte Eteri verärgert, „mit ihm sollen Sie sprechen.“

Pu verließ mutlos das Zimmer, die Frau wollte ihm nach, aber Eteri vertrat ihr den Weg.

„So sprechen Sie doch mit ihm“, sagte sie sanft und zugleich drohend, „was haben Sie denn? Geht's nicht?“

Die Frau trat näher und stellte sich neben Sonja.

„Sei der Seele deines Knechtes gnädig, oh Herr“, sagte sie schüchtern und zögerlich, „deines Knechtes, des toten Juden, vergib ihm alle seine Sünden, die er bewusst und unbewusst begangen hat, schenk ihm ...“

„Was erzählen Sie denn da?“, rief Eteri.

„So mache ich das immer“, antwortete die Frau ganz leise.

Sonja erwachte und schlug die Augen auf.

„Guten Abend“, sagte sie und versuchte zu lächeln.

„Was ist das, eine Idiotin, eine Idiotin, ja?“, fragte die Frau hysterisch.

„Sagen Sie ihm, dass er wieder lebendig werden soll!“, sagte Eteri mit Nachdruck, „er soll wieder lebendig werden und zur Welt kommen.“

„Jetzt?“, fragte die Frau erschrocken.

„Jetzt soll er lebendig werden. Zur Welt kommen kann er später. Na, los.“

Wie gebannt wartete Sonja darauf, dass sich das zweite Herz wieder rührte. Die Frau zitterte wie Espenlaub.

„Heute ist Sonntag“, ließ sich plötzlich die Stimme der Krankenschwester vor der Tür vernehmen, und alle reagierten darauf so, als hätte der allmächtige Allah oder der tote Jude in Sonjas Bauch persönlich gesprochen. „Arzt Likarenko? Sonntags sind keine Ärzte da. Andere Likarenkos? Welche Likarenkos, wie viele?“

Sie strömten scharenweise ins Krankenzimmer: Frauen, Männer, Kinder im Vorschul- und Schulalter, betagte Verwandte und sogar ein großer, stiller Hund. Es war ein einziges Gewusel. Die angespannte Krankenhausdämmerung füllte sich mit den Stimmen, Gerüchen und Farben eines Zigeunerlagers, das mal einem nächtlichen Wald, mal der polnischen Grenze, mal einem hellen albanischen See oder allem zugleich ähnelte.

„Bist du noch normal?“, schrie Ruslan Eteri an, während die Frau vom Abzweig die Gelegenheit nutzte und sich durch die Menge nach draußen kämpfte, Besnyk wiederum die Gelegenheit ergriff, um zu Sonja vorzudringen und sie in den Arm zu nehmen. „Was die anderen machen, den Schwulen eingeschlossen, will ich gar nicht wissen, aber du, bist du eigentlich normal?“

„Ich bin Georgierin“, rechtfertigte sich Eteri.

„Hier gibt's weder ein Ultraschallgerät noch Glukose, nicht mal Ärzte! Wir nehmen sie mit, zack, zack.“

„Mich?“, fragte Eteri.

„Wer redet denn von dir?“, sagte Ruslan verächtlich. „Habt ihr sie? Auf geht's!“

Die großen Zigeuner hoben Sonja mitsamt dem Bett hoch und machten sich auf den Weg Richtung Ausgang.

„Viertausend Leute waren auf dem Konzert, zweihundert Hrywnja die Karte.“ Ruslan platzte förmlich vor väterlichem Stolz. In den Nachrichten hatte man Ausschnitte aus Kaschlajews modernem Ballett *Horjanka* gezeigt und danach die Ballerina Rada Likarenko, wie sie mit Blumen überhäuft wird und wie Mutter Halyna, Balletttrainerin und Managerin in einem, sich die Freudentränen abwischt und die Angebote der Produzenten sondiert.

„Sind denn hier alle verrückt?", fragte Sonja verwundert.

„Nicht alle", beruhigte sie Ruslan. „Ist dir schwindlig von der Infusion? Hast du Fieber?"

„Ja", sagte Sonja, „neununddreißig sechs."

Ruslan stellte den Fernseher ab. „Wir nehmen dich also so schnell wie möglich mit", erklärte er. „Die Schwangerschaftsübelkeit müsste eigentlich bald vorbei sein. Am schlimmsten sind die ersten acht bis zehn Wochen."

„Das Schlimmste ist nicht die Übelkeit", sagte Sonja. „Warum haben Sie mir nichts gesagt?"

„Was habe ich nicht gesagt?"

„Na, am See. Das mit Kai. Dass er mein Vater ist."

„Ach? Das ist dein Vater?", wunderte sich Ruslan.

„Etwa nicht?" Sonjas zwei Herzen bebten.

„Woher soll ich das denn wissen?", sagte er. „Bin ich hier das Standesamt oder was?"

„Na, er hat ein künstliches Auge, sein Vater ist Arzt, er ist wegen der Arbeit ins Ausland gegangen, das haben Sie mir doch alles erzählt", legte Sonja los. „Ich hab mit ihm, na, Sie wissen schon." Wieder klebten ihr die Worte am Gaumen, wollten sich nicht aussprechen lassen. Vielleicht war das auch besser so.

Ruslan betrachtete sie und erinnerte sich, wie sie nachts im Wald aufgetaucht war, wie sie am Skutarisee erwacht war, und kam zu dem Schluss, dass Hopfen und Malz verloren waren.

„Machst du dir überhaupt einen Begriff davon, wie viele geschlechtsreife Männer Ende der 1990er hier weggegangen sind, um woanders Arbeit zu finden? Wie viele von ihnen haben womöglich ein künstliches Auge und einen Arzt zum Vater? In unserem Land gibt es mehr Augenärzte als Zigeuner, es gibt sogar Zigeuner, die Augenarzt sind."

„Nein", sagte Sonja ehrlich.

„Ich mir auch nicht", meinte Ruslan.

„Und wie kann ich das jetzt rausfinden?"

Ruslan zuckte mit den Schultern. „Ich würde es gar nicht erst versuchen. Was du erlebt hast, ist sowieso vorbei. Denk dir lieber, dass alles gut war, so wie es war, und genau richtig für dich. Auch wenn's vielleicht nicht stimmt."

„Und wenn ich ihn liebe?", fragte Sonja, obwohl ihre zwei Herzen gar nicht mehr so richtig damit befasst waren, „was soll ich denn machen?"

„Lieb weiter und mach, was du willst", sagte Ruslan.

„Und wo sieht man hier, ob's ein Junge oder ein Mädchen wird?", fragte Katja und machte sich in Sonjas Küche über die frische, mit Wasser verdünnte Marmelade her. „Könnt ihr mir das mal zeigen?"

„Das sieht man nicht immer." Nastja betrachtete die Aufnahme, die schon ein bisschen zerknittert war, weil sie in den letzten zwei Stunden immerzu herumgereicht worden war, „bei mir konnte man das auch nicht erkennen."

„Bei dir sieht man nun wirklich alles ohne jede Augenbewaffnung und das schon die letzten zehn Jahre", sagte Eteri und trank ihren Kognak aus.

„Und wo sieht man denn nun das Geschlecht?", fragte Katja wieder.

„Guck mal, hier." Eteri tippte auf einen grauen Fleck auf der Aufnahme. „Es wird ein Mädchen. Kein jüdisches, denke ich."

Nastja lachte. Sie hatte abgestillt, und nun drückte kein zusätzliches Gewicht mehr auf die Tränendrüse.

„Und was ist mit diesem Sascha?", fragte Katja.

Sonja musste lachen. „Er hat mein Auto zurückgebracht, ist zwar nicht meins, aber so ein ähnliches, die Likarenkos haben die Karosserienummer geändert. Und er sagt, ich soll ihn heiraten. Das hat er gesagt."

„Pu, also", sagte Katja.

„Also nein", warf Nastja ein.

„Er ist doch schwul", sagte Eteri.

„Po hat geheiratet", erklärte Sonja. „Eine EU-Bürgerin. Pu ist jetzt ganz allein, und außerdem ist er gut erzogen, er will nicht, dass ich ganz allein bin. Bin ich aber gar nicht. Ich habe ihm gesagt, dass das nicht geht, mit jemandem zusammen zu sein, nur damit man nicht allein ist."

„Das geht nämlich nicht", meinte Eteri.

„Ich weiß", sagte Sonja. „Aber er ist ganz traurig. Er kommt zu mir, zeigt mir seine Vögel. Ist das etwa Liebe?"

„Das ist Rotz", beschloss Eteri.

Im Juli fielen beinahe täglich kurze, helle Regengüsse, dann öffnete Sonja das Fenster und ließ sie ins Zimmer. Mit dem Regen kamen die kleinen Insekten, die sich an die hohen Decken setzten, wo man sie sowieso nicht sah, kam der herbe Geruch nach Blättern, Gras, reifen Kirschen und Aprikosen. Wenn kein Regen fiel, wurde Sonja von der Sonne verwöhnt – zart, süß und besonders vorsichtig da, wo in ihrem Bauch das zweite Herz schlug. Nachts, wenn die Sonne Sonja nicht verwöhnte, schlief sie und konzentrierte sich auf ihre Träume, um sie später ihrer Mutter zu erzählen. Schließlich wollte sie unterhalten werden, wenn sie kam. Und wenn die Träume zu Ende waren, stand Sonja auf und machte sich ans Leben. Sie lebte gern. Lieber als je zuvor.

Natalka Sniadanko
Frau Müller hat nicht die Absicht, mehr zu bezahlen
Roman
Aus dem Ukrainischen von Lydia Nagel
344 Seiten, fest gebunden mit Schutzumschlag
€ 19.90
ISBN 978-3-7099-7229-8

Chrystyna und Solomija sind jung, klug und selbstbewusst, nur mit der persönlichen Erfüllung hapert's noch. In ihrem Sinn für Abenteuer stehen sie Thelma und Louise in nichts nach, also beschließen die beiden Freundinnen, aus Lemberg wegzugehen. Sie machen sich auf Richtung Athen, auf halbem Weg aber bleiben sie in Berlin hängen. Zwischen aufwühlenden Affären und eigenwilligen Arbeitgebern schlagen sie sich durchs neue Leben: Es ist anders. Auch besser?

Mutig, wach und unverblümt erzählt Natalka Sniadanko in ihrem Roman von zwei Frauen, die ausgezogen sind zu leben. Und breitet ohne eine Spur von Melodramatik den Duft der beiden Städte Lemberg und Berlin über ihre Geschichte.

„Den Namen der ukrainischen Autorin Natalka Sniadanko sollte man sich unbedingt merken!“
WDR, Mareike Ilsemann

„Sniadanko ist beschenkt mit einem unerschöpflichen Vorrat an Figuren, orientalischer Freude am Erzählen, ernsthaftem und eigensinnigem Humor und einem genauen Maß an wunderbar distanzierter Zärtlichkeit. Sie muss eine glückliche Schriftstellerin sein!“
Judith Hermann

Maria Matios
Mitternachtsblüte
Roman
Aus dem Ukrainischen von Maria Weissenböck
224 Seiten, fest gebunden mit Schutzumschlag
€ 19.90
ISBN 978-3-7099-7163-5

In einem abgeschiedenen bukowinischen Dorf lebt die junge Iwanka. Sie leidet an Epilepsie, die Bewohner betrachten sie als Sonderling. Doch fühlt sich das Mädchen in ihrer Fantasiewelt wohl, inmitten der Geschichten und volkstümlichen Weisheiten ihrer Großeltern. Von dort aus beobachtet sie das bunte Miteinander von Ukrainern, Juden und anderen Volksgruppen. Rasch lernt sie, was gut ist und was böse. Bis eines Tages die „roten Kommissare" einmarschieren, und bald darauf Deutsche und Rumänen – das gewohnte, friedliche Leben ist schlagartig vorbei ...

Kenntnisreich und einfühlsam zeichnet Maria Matios ein Panorama der wechselvollen Geschichte ihrer ukrainischen Heimat im 20. Jahrhundert.

„Selten wurde das menschliche Leben mit all seinen Freuden und Tragödien, mit all seinen Geschichten von Hass und Liebe in der ukrainischen Literatur in einer so farbenprächtigen Sprache geschildert, wie es Maria Matios meisterhaft gelingt."
Andrej Kurkow

Natalka Sniadanko
Frau Müller hat nicht die Absicht, mehr zu bezahlen
Roman
Aus dem Ukrainischen von Lydia Nagel
344 Seiten, fest gebunden mit Schutzumschlag
€ 19.90
ISBN 978-3-7099-7229-8

Chrystyna und Solomija sind jung, klug und selbstbewusst, nur mit der persönlichen Erfüllung hapert's noch. In ihrem Sinn für Abenteuer stehen sie Thelma und Louise in nichts nach, also beschließen die beiden Freundinnen, aus Lemberg wegzugehen. Sie machen sich auf Richtung Athen, auf halbem Weg aber bleiben sie in Berlin hängen. Zwischen aufwühlenden Affären und eigenwilligen Arbeitgebern schlagen sie sich durchs neue Leben: Es ist anders. Auch besser?

Mutig, wach und unverblümt erzählt Natalka Sniadanko in ihrem Roman von zwei Frauen, die ausgezogen sind zu leben. Und breitet ohne eine Spur von Melodramatik den Duft der beiden Städte Lemberg und Berlin über ihre Geschichte.

„Den Namen der ukrainischen Autorin Natalka Sniadanko sollte man sich unbedingt merken!“
WDR, Mareike Ilsemann

„Sniadanko ist beschenkt mit einem unerschöpflichen Vorrat an Figuren, orientalischer Freude am Erzählen, ernsthaftem und eigensinnigem Humor und einem genauen Maß an wunderbar distanzierter Zärtlichkeit. Sie muss eine glückliche Schriftstellerin sein!“
Judith Hermann

Maria Matios
Mitternachtsblüte
Roman
Aus dem Ukrainischen von Maria Weissenböck
224 Seiten, fest gebunden mit Schutzumschlag
€ 19.90
ISBN 978-3-7099-7163-5

In einem abgeschiedenen bukowinischen Dorf lebt die junge Iwanka. Sie leidet an Epilepsie, die Bewohner betrachten sie als Sonderling. Doch fühlt sich das Mädchen in ihrer Fantasiewelt wohl, inmitten der Geschichten und volkstümlichen Weisheiten ihrer Großeltern. Von dort aus beobachtet sie das bunte Miteinander von Ukrainern, Juden und anderen Volksgruppen. Rasch lernt sie, was gut ist und was böse. Bis eines Tages die „roten Kommissare" einmarschieren, und bald darauf Deutsche und Rumänen – das gewohnte, friedliche Leben ist schlagartig vorbei ...

Kenntnisreich und einfühlsam zeichnet Maria Matios ein Panorama der wechselvollen Geschichte ihrer ukrainischen Heimat im 20. Jahrhundert.

„Selten wurde das menschliche Leben mit all seinen Freuden und Tragödien, mit all seinen Geschichten von Hass und Liebe in der ukrainischen Literatur in einer so farbenprächtigen Sprache geschildert, wie es Maria Matios meisterhaft gelingt."
Andrej Kurkow